「大将は自分の命が懸かっている状況で
当たり前を実行している。
こいつは普通じゃありやせん。
聖人と言ってもいいくらいでさ。
けど、だからこそ、分からなくなるんでさ」

しちゃ大将は
すぎでさ」

ミノは低い声で言った。ショックは、受けなかった。

僕は帝国が嫌いだ。
僕の大切な人達を蔑ろにする帝国を許せない。
けど、帝国を壊したい訳じゃない。

僕は――
この国を
変えてやろうと思う。
亜人も、平民も、貴族も分け隔てない
同じだけの価値と意味を持つ国にしてやろうと思う。

ティリアはベッドに上がり、クロノを組み敷いた。
「く、クロノ、す、するぞ」
騎乗突撃開始――

クロの戦記5

異世界転移した僕が最強なのは
ベッドの上だけのようです

サイトウアユム

HJ文庫
910

口絵・本文イラスト　むつみまさと

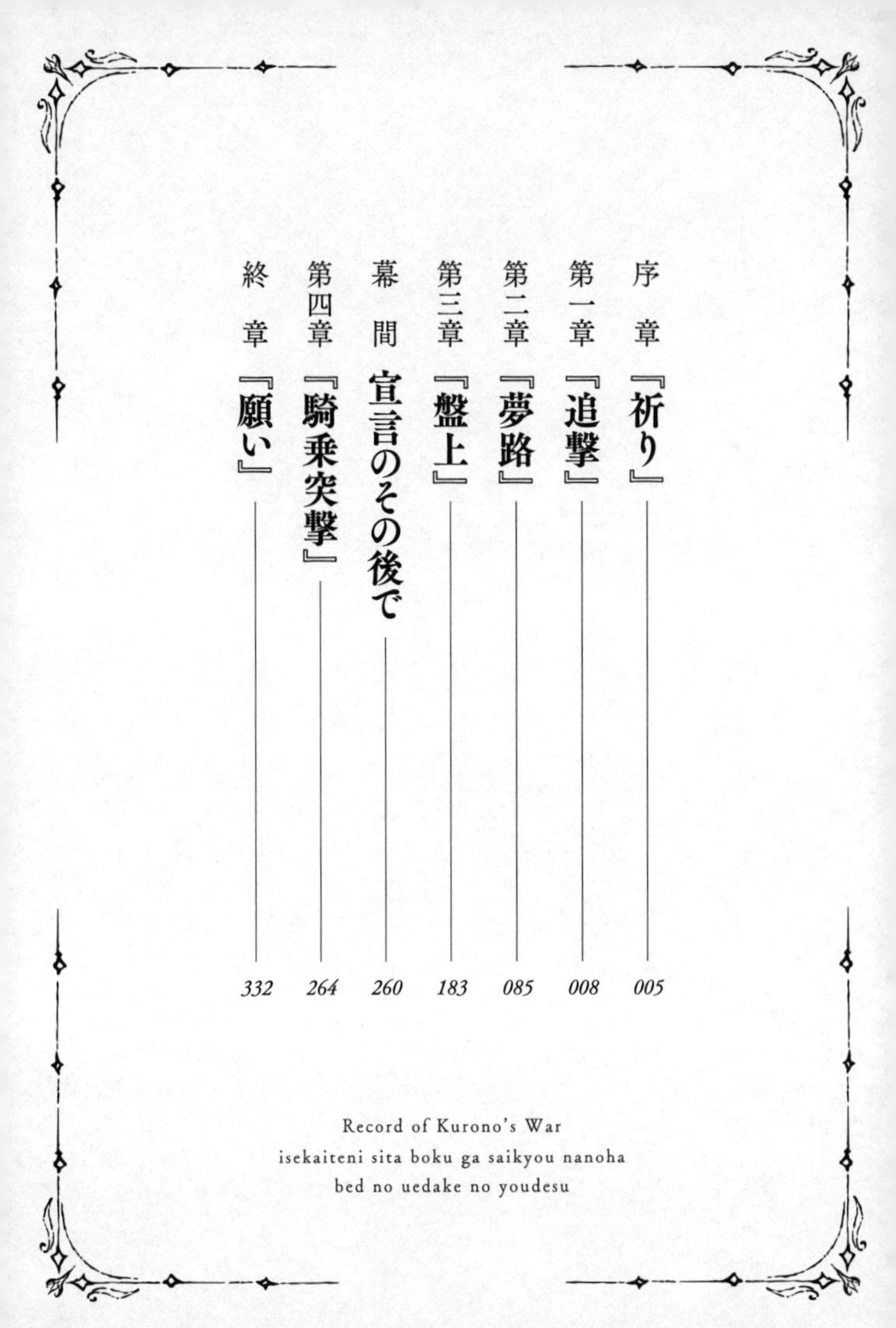

序章『祈り』 005
第一章『追撃』 008
第二章『夢路』 085
第三章『盤上』 183
幕間 宣言のその後で 260
第四章『騎乗突撃』 264
終章『願い』 332

Record of Kurono's War
isekaiteni sita boku ga saikyou nanoha
bed no uedake no youdesu

序章『祈り』

帝国暦四三一年一月中旬朝――風が吹いた。冷たく、凍てついた風だ。
隘路を吹き抜ける際に生じる音が悲鳴のように聞こえ、女将は思わず耳を押さえた。
ふと亡き夫のことを――夫が病に罹った時のことを思い出す。
最初は風邪だと思った。だが、いつまで経っても治らず、病状は悪化の一途を辿った。
もちろん、手は尽くした。尽くしたと思う。医者に診せたし、薬も処方してもらった。
神様にだって祈ったし、占い師も頼った。けれど、ある朝――冷たくなっていた。
穏やかな死に顔だった。それだけが救いだったように思う。
最後の言葉は――心配しなくて大丈夫だよ。
病床で弱々しく微笑んだ夫と、殿として戦場に残ったクロノの姿が重なる。
もう二度と会えないのではないか。そんな不安が胸を支配している。
女将は不安を押し殺し、歩を進めた。しばらくして再び風が隘路を吹き抜けた。
風の音がクロノの悲鳴に思えて、堪らず振り返る。すると、五騎の騎兵がいた。

その後ろには誰もいない。マルカブの街、いや、クロノの下に続く道だけがある。

いきなり振り返ったせいだろう。騎兵が動きを止める。

「どうかしたのかね?」

頭上から声が響き、女将は反射的に顔を上げた。馬に乗っていたのは——。

「ベティル副軍団長? なんで、こんな所にいるんだい?」

「人手不足なのでね。副軍団長とはいえ遊んでいる暇はないのだよ」

無礼な口を利いてしまったと思ったが、ベティルは弱々しく笑っただけだった。

「それで、どうして振り返ったのかね?」

「あ、いや、何でもないんですよ。つい振り返っちまって」

「そうか。思い人が戦っているのだ。そういうこともあるだろう」

ベティルは苦しげに顔を歪めた。

「だが、今は歩いて欲しい。この時間は君の思い人が命懸けで捻出しているのだから」

「……分かりました」

ベティルが頭を垂れ、女将は前に向き直って歩き出した。胸の前で手を組む。

神威術士でも、清らかな乙女でもない身だ。祈りが届かないと分かっている。

それでも、クロノの無事を祈らずにはいられなかった。

第一章『追撃』

「――っと！　待ちなさい！　イグニス将軍ッ！」

背後から自分の名を呼ぶ声が響く。凜とした女の声だ。待ちなさいと言っているが、イグニスは無視して丘を登った。帝国軍から取り戻した丘の様子をどうしても自分の目で確かめたかった。不意に視界が開ける。丘を登りきったのだ。帝国軍はよほど慌てて撤退したのだろう。天幕や荷車が置きっ放しになっていた。それだけではない。丘の斜面には屍が累々と横たわっている。殆どは帝国軍のものだが、神聖アルゴ王国軍のものもある。

イグニスは息を吐いた。部下の死に意味と価値を与えることができた。そのことに対する安堵の息だった。彼らは英雄だ。英雄として称えられるべきだ。たとえ、名誉が遺された者の慰めにはならないとしても。彼らの献身によって王国は猶予を得た。帝国軍は壊滅的なダメージを受け、もはや撤退するしかないだろう。しかし――。

「何故、帝国はこれほどの死者を出した？　これではまるで……」

無防備な所に攻撃を受けたようではないか、とイグニスは丘を見ながら呟いた。帝国軍に何が起きたのか自問していると――。

「イグニス将軍ッ！」

「――ッ！」

凜とした声が響き、イグニスは我に返った。振り返ると、女が立っていた。長い髪を無造作に結い、鎧を身に纏っている。名をアクア・アルファードという。イグニスと同じく国王に忠誠を誓う将軍で、蒼にして生命を司る女神の神威術士だ。

「何だ？」

「『何だ？』じゃないわよ。死にかけている所を助けてあげたのに礼も言わずに飛び出しちゃうし、何度も呼びかけているのに無視するし、挙げ句にぶつぶつ言い出すし――」

アクアはムッとしたように言い、さらにぶつくさと文句を言った。もちろん、イグニスにも言い分はある。だが、少なからず自分に非があるのだから謝るべきだろう。

「心配を掛けてすまなかった。それと、傷を癒やしてくれて感謝している」

「分かればいいのよ。でも、あまり心配を掛けないでね。昔から貴方は――」

「何故、お前がここにいる」

「国王陛下から書簡を預かってきたのよ」

イグニスが言葉を遮って言うと、アクアは書簡を差し出してきた。

「何度も言おうとしたのに貴方が聞いてくれなかったんじゃない」

書簡を受け取り、内容に目を通す。平静を装ったつもりだったが、動揺を隠しきれなかったのだろう。アクアが気遣わしげに声を掛けてきた。

「何が書いてあったの？」

「聞くな。詮索もするな」

アクアは一瞬だけ鼻白んだが、何も言わなかった。イグニスは真紅にして破壊を司る戦神に祈りを捧げる。すると、書簡に火が付いた。アクアがハッと息を呑む。

「イグニス将軍！」

「陛下の命令だ」

イグニスは書簡から手を放した。火勢が強まり、書簡は瞬く間に灰と化す。

「それで、この後はどうするの？」

「通常ならば追撃を仕掛ける所だが……」

イグニスは隘路の入り口に視線を向けた。そこには荷車が積み上げられている。帝国軍が追撃を遅らせるために積み上げたのだろう。

「まさか、バリケードがあるから追撃できないなんて言わないわよね？」

「それを決めるのは指揮官である神祇官殿だ。私には権限がない」

貴方ね、とアクアは呻くように言った。呆れているのだろう。気持ちは理解できる。だが、どんな組織でも部下は上に倣うものだ。将軍職にある者が指揮系統を無視したら組織が崩壊してしまう。それだけは避けなければならない。

視線を巡らせると、すぐに神祇官を見つけることができた。丁度、丘を登りきった所だった。ひどい姿だった。顔は土気色で、目は虚ろ。さらに神官服は薄汚れている。指揮を執れるようには見えない。同じように感じたのだろう。アクアが顔を顰める。

「あんな状態で指示が出せるの？」

「指示がなければ待機だ」

「ああ、そういう――」

「イグニス将軍ッ！」

アクアの言葉を精悍な声が遮る。声のした方を見ると、兵士が男を引っ立ててきた。片腕を吊った男だ。帝国の貴族なのだろう。仕立てのよさそうな軍服を着ている。

「どうした？」

「はッ、茂みに隠れていた所を捕獲しました」

イグニスが尋ねると、兵士は背筋を伸ばして答えた。思わず聞き返しそうになる。貴族ともあろう者が茂みに隠れていた所を捕獲される。俄には信じがたい。しげしげと顔を見ると、男は卑屈そうな笑みを浮かべた。まあ、貴重な情報源には違いないか。

「貴様に聞きたいことがある」

「な、何でも話します。だから、どうか命だけは」

イグニスはこめかみを押さえた。今まで戦場で見えた帝国の貴族は、いや、時には亜人でさえ誇り高く散っていったというのにこの男は何なのか。

「何故、帝国軍はこれほどの被害を出した？」

「アルフォート殿下が篝火を見て、撤退を決意されたんです」

「……アルフォート。ラマル五世が妾妃に産ませた子どものことだな。まさか、そんな重要人物が参加していたとは……。だが、それは被害を出した理由に——」

「アルフォートだとッ！」

イグニスはよろめいた。神祇官がイグニスを押し退けて男に詰め寄ったのだ。さらに男の胸ぐらを掴んで激しく揺さぶる。先程までの姿は何だったのかと思わないでもない。

「言え！　アルフォートがいたのかッ？　いたんだなッ？」

「く、苦しい——ッ！」

「——ッ！　こうしてはいられんッ！　すぐに追撃をしなければ！　これで失点を帳消し

にできる！　捕らえることができれば私は神祇長に！　いや、大神官も夢ではないッ！」

　神祇官は男から手を放し、自身の野望を吐露した。

「神祇官殿、お待ち下さい」

「何だ？　私の出世を邪魔するつもりかッ？」

　神祇官は唾を飛ばしながら言った。

「その男が事実を口にしているとは限りません。罠の可能性もあります」

「なんで、そんなことを言うんだ！」

　男は声を荒らげ、神祇官の足に縋り付いた。

「神官様、私は嘘なんて吐きませんッ！　私は今まで嘘なんて吐いたことのない、虫も殺せないような男なんですッ！　あッ！　そうだ！　恋人！　国に恋人がいるんです！　恋人のお腹には赤ん坊がいて、生きて帰らなきゃいけないんですッ！」

　男は這いつくばり、おいおいと泣いた。本当に泣いている。イグニスは戦慄した。これほど恥知らずな男は初めて見た。

「……顔を上げなさい」

「ああ、神官さ――みゃッ！」

　男は奇妙な声を上げた。神祇官が顔を蹴り上げたのだ。男がもんどり打って倒れる。

「私は神官ではない！　神祇官だッ！　二つも階級が上なんだッ！　いいかッ？　二つも、二つもだ！　それを神官だと！　神官と一緒にするな！　このド低脳がッ！」

神祇官は怒濤のような蹴りを繰り出した。しばらくすると力尽きたのか。蹴りを止め、荒い呼吸を繰り返す。頃合いを見計らってイグニスは声を掛けた。

「どうされますか？」

「うるさい！　今、考えを纏めているんだッ！」

「失礼しました」

神祇官はしばらくぶつぶつと呟いていたが、考えが纏まったのだろう。顔を上げる。

「よし！　拷問をするぞッ！」

「そ、そんな！　本当のことを話したじゃないですか！」

「うるさい！」

男が足に縋り付こうとするが、神祇官は一蹴した。再び男がもんどり打って倒れる。

「誰か！　この男をマルカブの純白神殿に連れて行けッ！」

「では、私が」

名乗りを上げたのは男を引っ立ててきた兵士だ。

「ほら、立て」

「神祇官様！　信じて下さいッ！　私は本当に嘘を吐いていないんです！」

男は懇願したが、神祇官は小馬鹿にするように鼻を鳴らしただけだ。男は兵士に引っ立てられ、程なくして丘の上から姿を消した。

「神祇官殿、帝国の貴族を拷問するのはマズいのでは？」

「きちんと治せば問題ない。なに、心配するな。純白神殿の神官は優秀だ」

「……そうですか」

イグニスは間を置いて呟いた。そういう意味ではなかったのだが――。

「くひひ、失脚するかと思ったが……これぞ、神の御意思！　こうしてはいられん！　イグニス将軍、すぐに追撃の準備をせよッ！　私もすぐに準備を整える！」

「準備？　神祇官殿は兵を失ったのでは？」

「イグニス将軍、我々の結束を甘く見てもらっては困る」

神祇官はニヤリと笑い、歩き出した。向かう先はマルカブの街だ。神祇官の姿が完全に見えなくなり、イグニスは口を開いた。

「マルカブの街に行ってどうするつもりだ？　あの街にはもう戦力など――」

「今、集まっている最中よ」

「どういうことだ？」

「貴方がいない間に増援が決定したの」

イグニスが問い返すと、アクアは溜息を吐くように言った。彼女は腕を組み、視線を逸らした。それで、まだ隠していることがあると分かった。

「他にもあるのか？」

「また徴兵が行われたのよ。純白神殿の意向でね」

「何とかできなかったのか？」

「国境の砦とも連絡が途絶している状況なのよ。止められる訳ないじゃない」

「だが、それでは――」

イグニスは反論を呑み込んだ。長い付き合いだ。アクアが何もしなかった訳ではないと分かっている。力が及ばなかったのだ。静かに息を吐く。

「何でもない。すまなかった」

「いいのよ、別に。何もできなかったのは事実だし」

アクアは深々と溜息を吐き、マルカブの街に視線を向けた。

「それで、増援はどれくらいの規模になる？」

「正確な人数は分からないけど、正規兵が二千、農兵――徴集した農民が千って所ね」

「私の部下と合わせて七千か。敗走する帝国軍を追撃するには十分な兵力だが……」

「どうするの？」

「神祇官殿が追撃すると言っているんだ。追撃するしかない」

「手を貸しましょうか？」

「必要ない。お前はマルカブの街で負傷兵の面倒を見てくれ」

「分かったわ。けど、無茶はしないでね」

「……ああ、約束する」

イグニスは間を置いて答えた。

※

クロノは部下を率いて隘路を走る。もう二キロメートルは走っただろうか。鎧を着ているせいで体力の消耗が激しい。胸が苦しい。肺が焼け付きそうだ。だが、スピードを緩める訳にはいかない。一秒でも早く目的の場所――イグニスが神威術で斜面を破壊した場所に辿り着きたかった。それに、背後から足音と車輪の音が響いている。足を止めたら部下に踏まれるか、荷車に轢かれるだろう。必死に足を動かすが、それも長くは保たない。いよいよ体力の限界という時になってようやく目的の場所が見えた。隣を走るミノに見えるように片手を上げる。

「全体！　止まれッ！」

ミノが声を張り上げると、背後から響く音が小さくなった。クロノは安心してスピードを緩める。正直にいえばこのまま座り込みたい。だが、神聖アルゴ王国軍を迎え撃つ準備をしなければならない。

「大将、これからどうするんで？」

「……これ……築……」

「すいやせん。呼吸が整うのを待ちやす」

クロノが息も絶え絶えに言うと、ミノは気まずそうに頭を掻いた。ミノの言葉に甘えて歩きながら呼吸を整える。ようやく目的の場所に辿り着き、足を止める。

「ここが目的地だよ」

「目的地って、イグニス将軍があっしらを足止めするために石をばらまいた所ですぜ？」

「正確にいえばその一つだね。石の使い方は後で説明するとして……。僕らはここに防御陣地を作って神聖アルゴ王国軍を足止めする」

「工具はありやすが、悠長に木を切り倒してたら敵に追いつかれやすぜ」

「木を切り倒す必要はないから大丈夫だよ」

　クロノは振り返り、部下を見つめた。人数は千五百——内訳は歩兵七百十、重装歩兵四百六十、弓兵三百三十。いや、ナスル他九名を後衛として動かしているので人数は千四百九十か。ともあれ、クロノにはマンパワー以外にも頼れるものがある。たとえば——。

「荷車が使えると思わない？」

「ああ！　荷車を立てればバリケードになりやすねッ！」

　ミノが合点がいったとばかりに手を打ち鳴らした。隘路の幅は二十メートルほど、荷車の積載面は長さだけで二メートルを超える。荷車は五十台あるので余裕で道を塞げる。

「流石、大将！　すぐに取りかかりやしょうッ！」

「いや、その前に話し合いたい」

「こんな時に話し合いですかい？」

「時間がないのは分かってるんだけどね。別角度からの意見が欲しいというか」

「分かりやした。けど、後衛のナスルは任務を続行させやすぜ」

「もちろんだよ。僕も警戒を怠ったせいで死にたくないからね」

　ミノの言葉にクロノは頷いた。

「百人隊長集合！　他のヤツは命令があるまで休めッ！　食事をしてもいいが、支給した硬パンと飴を食い尽くすような真似は絶対にするなッ！」

ミノの声が隘路に響き渡り、部下達がざわめく。だが、休憩していいと分かると、次々と地面に座り込む。まるで波紋だ。こんな状況にもかかわらず笑みがこぼれる。

「は〜、ようやく休憩かと思ったら百人隊長は辛いし」

「大した役得もなくて涙がちょちょ切れそうだし」

「二人とも、名誉な役職でござるよ」

アリデッドとデネブがぼやき、タイガがそれを窘める。リザドは無言だ。何故か、ホルスの姿が見えない。それに気付いたのだろう。ミノが口を開く。

「ホルスはどうした？」

「ずっと一緒にいた訳じゃないから知らないし」

「荷車を引いてたから後方じゃないかと思ったり」

「拙者も見ていないでござる」

「……困憊」

アリデッド、デネブ、タイガの後でリザドがぼそっと呟く。

「困憊？　疲れて動けなくなっているってこと？」

「……肯定」

　クロノが確認すると、リザドは小さく頷いた。

「あっしが引き摺ってきやす」

「いや、時間が惜しい。すぐに話し合いを始めよう」

　クロノがその場に跪くと、ミノ、アリデッド、デネブ、タイガ、リザドは円を描くようにして跪いた。木の棒を拾い、地面に縦線を引く。街道を示す線だ。

「僕達はここに野戦陣地を築く。といっても荷車を立ててバリケードを作る感じだけど」

　クロノは横線を描き加え、地面をしげしげと眺める。ちょっと頼りない感じだ。同じ感想を抱いたのだろう。アリデッドとデネブが口を開く。

「クロノ様、これに命を預けるのは勘弁して欲しいみたいな」

「何か、こう、もう少し頼りがいのある陣地が欲しいし」

「こうしたらどうだ？」

　そう言って、ミノは横線を描き加えた。

「二重のバリケードか」

「へい、手前の陣地を落とされたら奥に逃げ込むって寸法でさ」

「よし、採用。どっちがどっちか分からなくなるとマズいから一つ目を第一防衛ライン、二つ目を第二防衛ラインって呼ぶことにしよう。他に意見はない？」

「こことここ——斜面の上に弓兵を配置して欲しいみたいな」

「となると、弓兵の護衛が必要でござるな」

アリデッドが第一防衛ラインの両端に円を、タイガがその隣に弧を描く。

「いいね。かなり野戦陣地らしくなったよ。これで三日保たせれば……」

「三日ですかい？」

クロノの言葉にミノが難しそうに眉根を寄せた。

「無理かな？」

「あっしの見立てじゃ、よく保って二日ですぜ」

「よく保って二日か」

クロノは小さく呟いた。よく保って二日——つまり、二日保たない可能性が高いということだ。悲観的過ぎるのではないかとも思ったが、ミノの見立てだ。自身の判断よりもよほど信用できる。その時、アリデッドがおずおずと手を挙げた。

「あの、クロノ様？」

「何かいいアイディアでもあるの？」

「どうしても時間を稼がなきゃいけないなら、その、あたしらが残ってもいいし。これでもあたしらは女だし、時間稼ぎくらいはできるかも」

クロノは答えない。アリデッドがどういうつもりで提案しているのか分からないほど無知ではない。神聖アルゴ王国軍にアリデッド達を強姦させて時間を稼ぐ。それは時間を稼ぐという一点のみで最も効率のよい選択だ。だが、それ以外では最悪の選択だ。

「アリデッド、二度とそんな提案をするな」

「わ、分かったし」

自分でもびっくりするほど低い声が出た。思わず喉を押さえる。だが、もう遅い。怒りを買ったと思ったのだろう。アリデッドは顔面蒼白で俯いている。失敗した。意図していなかったとはいえ場の空気が悪くなってしまった。これではいいアイディアなど出てこない。いいアイディアを出すには余裕が必要なのだ。何とかして空気を和ませなければ。

「……アリデッド、耳を」

「……はい」

クロノが手招きすると、アリデッドが耳を寄せてきた。べろりと舐める。すると――。

「――ッ！」

「無事に帰って二人をベッドに連れ込むつもりなんだから神聖アルゴ王国の兵士に慰み者にされちゃ困るんだよ。そういうことは僕だけにして欲しいね」

アリデッドが耳を押さえて体を引き、クロノは大仰に肩を竦めた。少し変態っぽかっただろうかと心配になる。だが、蒼白だった顔に赤みが差している。どうやら、それなりに効果があったようだ。あとは落とすだけだ。

「なんちゃ――」

「もう！　こんな所で求められたら困っちゃうみたいな！　レイラには悪いけど、求められたら応じるしかないみたいな！　うう、友情よりも愛情を求めてしまう弱いあたしを許して欲しいし！　子どもができた時はちゃんと養育をお願いしますみたいなッ！」

アリデッドはクロノの言葉を遮って言った。両手で頬を押さえ、頭をぶんぶん振る。

「二人でだよ、二人で」

「二人で……」

クロノの言葉にアリデッドとデネブは神妙な面持ちで呟いた。

「そう、二人で。って、冗だ――」

「クロノ様が望むならそれでもいいし」

再び言葉を遮られる。今回はデネブだった。ぎょっと彼女に視線を向ける。恥ずかしいのだろう。伏し目がちになってもじもじしている。

「デネブがアブノーマルなプレイを受け入れるとは意外だし。目覚めたみたいな？」

「目覚めてないし。ただ、クロノ様のことは、す、好きだし……」

「好きだからアブノーマルなプレイを受け入れるとは倒錯的だし」

「倒錯じゃないし！」

デネブはムッとしたように言い──。

「クロノ様と一緒にいるためには我慢も必要だと思っただけみたいな」

「まあ、確かにそれはあるみたいな。比べられるのはしんどそうだし」

デネブがごにょごにょと言い、アリデッドは胸を持ち上げる動作をした。多分、女将を意識しているのだろう。だが、大きくても、小さくてもおっぱいはおっぱいだ。そこに貴賤はない。どちらにも夢が詰まっている。二人分のおっぱい──二つの夢が自分のものになる。なかなか悪くないのではないかと考え、いけないいけないと頭を振る。二人を愛人にしてレイラと女将を落胆させたくないし、エレナに虫を見るような目で見られたくもない。そもそも冗談のつもりだったのだ。何とかして軌道修正を図らなければ──。

「デネブの了承も得られたし、姉妹共々よろしくお願いしますみたいな」

「お願いしますみたいな」

二人がぺこりと頭を下げる。いよいよ冗談と言い出せない雰囲気だ。救いを求めてミノを見る。すると、ミノは頷いた。流石、副官だ。分かってらっしゃる。

「大将、おめでとうございやす。アリデッドとデネブも祝福するぜ」

「祝福するでござる」

「……祝福」

ミノがパチパチと手を叩き、タイガとリザドがその後に続く。

「祝福してもらえるとは思わなかったみたいな」

「なかなか大変そうだけど、頑張るし」

アリデッドとデネブは嬉しそうだ。冗談と言えそうにない。だが、ここは発想を転換するべきだ。場の雰囲気を和らげるという目的は達成したし、二人とは遅かれ早かれこうなっていた気がする。つまり、これはベストな選択だったのだ。そう自分に言い聞かせる。

「とにかく、ここで三日保たせるッ！」

「分かりやした。三日保たせられるように全力を尽くしやす。ただ……」

ミノは力強く頷いた。だが、まだ懸念があるのだろう。言いにくそうに口を開く。

「他にも気になることがあるの？」

「へい、士気が低いのが気になりやす」

「うん、まあ、それは……そうだね」

クロノは休憩中の部下に視線を向けた。元々、クロノの部下だった者は比較的リラックスしているが、部下に加わったばかりの者は項垂れていたり、不安そうに体を揺すっていたりする。特に印象的なのが目だ。生気がない。負け犬、いや、生きるのを半ば諦めている目だ。何とかして生気を取り戻さなければならない。

「ここは派手にやって、勢いを取り戻したいね」

「具体的にどうするんで？」

「そこはアリデッドとデネブの——エルフの出番だよ。よろしくお願いします！」

「よろしくと言われてもどうすればいいのか分からないし」

「指示はもう少し具体的にお願いしますみたいな」

アリデッドが拗ねたように言い、デネブが可愛らしく小首を傾げる。二人にしてはちょっとノリが悪い。嫌な予感がするが——。

「爆炎舞で敵兵を吹き飛ばしてくれればいいんだよ。隘路だから距離の心配をしなくていいし、派手だから勢いを取り戻すには申し分ないよ」

「「使えないし」」

アリデッドとデネブは口を揃えて言った。

「アイスクリームを作った時に全系統の魔術を習得済みって言わなかったっけ？」

「全系統の魔術を習得してるけど、使えるのは中級までだし」

「爆炎舞は火系統の上級魔術で、使えるのはレイラだけみたいな」

沈黙が舞い降りる。確認しなかった自分が悪いのは分かっている。だが、こんな状況で中級までしか魔術を使えないと言われても困る。

「じゃあ、どうするの？」

「「さあ？」」

クロノが問い掛けると、アリデッドとデネブは可愛らしく小首を傾げた。その時――。

「あ～、疲れただ。もう少し休みてぇだ」

ホルスがぼやきながらやって来た。

「ホルス！　百人隊長のくせにダラダラしてるんじゃねぇッ！」

「ど、怒鳴らないで欲しいだ。おらは一生懸命荷物を運んだだぞ」

ミノが怒鳴りつけると、ホルスは涙目で訴えた。何かが引っ掛かった。

「ホルス、何を運んだの？」

「えっと、おらが運んだのは――」

「ホルスに運ばせたのは小麦粉とクロノ様の荷物でさ」

ホルスの言葉を遮ってミノが答える。クロノは目眩にも似た感覚を覚えた。不意に、あるアイディアを思い付く。ジグソーパズルが瞬間的に組み上がったような気分だった。

「大将、何か思い付いたんですかい？」

「ちょっと変わった方法だけど、これなら爆炎舞の代わりになると思う」

よし！　とクロノは太股を叩いて立ち上がった。

「士気を上げるアイディアは思い付いた！　まだ神聖アルゴ王国軍は動いてないから皆で手分けして陣地構築をするよッ！」

「休憩終了！　今から陣地構築をするぞッ！」

ミノが立ち上がって叫ぶと、部下は休憩を中断して立ち上がった。やや遅れて──。

『こちらナスル。悪い知らせだ。神聖アルゴ王国軍が動き出した』

通信用マジックアイテムからナスルの声が響いた。

「ごめん！　今のなしッ！」

「全員、その場で待機ッ！」

クロノが両腕を交差させて叫ぶと、ミノが声を張り上げた。部下が動きを止める。クロノは腰のポーチから通信用マジックアイテムを取り出してナスルに呼びかけた。

「こちらクロノ。行軍を開始したってこと？」

『いや、その準備をしている。丘に集まって、どうやら並び順で揉めているようだ。どうする？　仕掛けるか？　覚悟はできてる』

「いや、ナスルはそのまま監視を続けて」

『了解(りょうかい)した』

「よろしくね」

クロノは通信用マジックアイテムをポーチにしまった。まさか、こんなに早く神聖アルゴ王国軍が動き出すとは思わなかった。幸い、まだ余裕はある。敵を迎え撃つべきか、陣地構築を優先するべきか考えていると――。

「……クロノ様」

「大丈夫(だいじょうぶ)だよ」

アリデッドとデネブが不安そうに呟き、クロノは微笑(ほほえ)みかけた。そして、ミノに視線を向ける。自分一人で何とかしなければならない気分になっていたが、クロノにはミノという有能な副官がいる。つまり、同時に二つのこと――敵を迎え撃ちながら陣地構築を行うこと――ができるのだ。だが、それだけでは駄目(だめ)だ。士気を上げなければならない。それも早急(さっきゅう)に。恐(おそ)らく、タイミングは今がベストだ。敵の出鼻を挫(くじ)き、初戦を派手な勝利で飾(かざ)る。これならば士気を上げられる。しかし――。

そんなことができるのか？　とクロノは自問し、小さく頭を振った。やらなければ三日保たせられないのだ。ならばやるしかない。覚悟は決まった。深く息を吸い――。

「ミノさんとタイガはここに残って陣地構築と石集め！　石は第一防衛ラインの後ろに積

んでおいて！　アリデッド、デネブ、ホルス、リザドは僕に付いてきて！　あと……重装歩兵も！　編成は任せるッ！」

改めて命令を下した。

※

クロノは百人の重装歩兵を率いて隘路を走る。ミノ達が野戦陣地を構築している場所から一キロメートルほど離れた所で――。

「よし！　ストップッ！」

クロノは声を張り上げ、足を止めた。呼吸を整え、部下に向き直る。部下の半数が不安そうにしている。百人中五十人がエラキス侯爵領から連れてきた兵士で、残りは他所の大隊に所属していた兵士なので当然といえば当然か。作戦を成功させて士気を上げたい。そんなことを考えていると――

「元来た道を戻るとか勘弁して欲しいし」

「何だか今日は走ってばかりだし」

「クロノ様の荷物がものすごく重かっただ。一体、何が入ってるだ？　というか、百人隊長のおらが荷物を持つってておかしくねぇだか？」

「……沈黙」

アリデッド、デネブ、ホルスの三人がぼやき、リザドが窘めた。ちなみにホルスはクロノの荷物が入った箱を、リザドは小麦粉の入った袋を担いでいる。

「クロノ様、もう荷物を下ろしていいだか？」

「いいよ」

ホルスが箱を地面に下ろし、やや遅れてリザドが袋を地面に置く。クロノは木箱に歩み寄り、蓋を開けた。底板を外し、その下にあった金貨を掴んでばらまく。

「うは！　金貨だしッ！」

「作戦の一部なんだから拾っちゃ駄目だよ」

アリデッドが金貨に飛びつき、クロノは溜息を吐いた。アリデッドが上目遣いでクロノを見ながら可愛らしく小首を傾げる。

「可愛らしく小首を傾げても駄目なものは駄目だよ」

「にべもないとはこのことだし」

アリデッドは深い溜息を吐き、金貨を投げ捨てた。

「ホルス、リザド、小麦粉を金貨の上にぶちまけて」

「もったいねぇだよ」

「……承知」

ホルスは不満そうだったが、リザドは袋を開けて小麦粉を地面にぶちまけた。それを見て、ホルスが渋々という感じで小麦粉をまき始める。クロノはもう一度金貨をばらまき、底板を元に戻した。

「あれ？　金貨はもうおしまいみたいな？」

「かなり残っていたような気がするし」

「流石に全部ばらまいたりしないよ」

クロノが苦笑しながら応じると、ホルスがぴたりと動きを止めた。恨みがましい目でこちらを見ている。全部ばらまくつもりがないのなら、どうして木箱を担がせたのかと言いたいのだろう。急いでいたので、そこまで気が回らなかったのだ。誤魔化そうと考え、微笑みかける。すると、ホルスは気まずそうに顔を背け、作業を再開した。

「こんなんじゃ足止めにしかならないし」

「むしろ、敵の士気が上がりそうだし」

「心配しなくても大丈夫だよ。金貨を使っての足止めは第一段階だから」

「第一段階？」

クロノが肩を竦めて言うと、アリデッドとデネブは鸚鵡返しに呟いた。

「そう、第一段階で金貨を使って足止めして、第二段階で旋舞を使って小麦粉を巻き込んだ旋風を起こしてもらう。でも、これじゃ目潰しにしかならない。だから、作戦の肝は第三段階になるね。上手くいけば敵を倒せて士気を上げられる」

「クロノ様が邪悪な笑みを浮かべてるし」

「けど、それが今は頼もしいみたいな」

クロノが作戦について説明すると、アリデッドとデネブはぶるりと身を震わせた。

※

昼――ケイは槍を持ち、隘路を進む。チラリと隣を見る。そこには見知らぬ男、いや、少年達がいる。多分、自分と同じように兵士になったのだろう。

「進め！　進めッ！　早く進まなければ帝国軍に逃げられるぞッ！」

「何が進めだ。お前らがぐだぐだやってたせいで遅くなったんじゃねーか」

背後から指揮官の怒声が響き、ケイは吐き捨てた。正直、うんざりしている。だが、今は我慢だと自分に言い聞かせ、数日前のことに思いを馳せる。

数日前——村に神官がやってきた。何でも兵士を募っているらしい。神官は兵士になれば今年の税を軽減し、給金として銀貨十枚を支払うと言った。さらに働き次第では給金を上乗せし、正規兵として雇うとも。少し悩んだ末にケイは仲間を誘って兵士になることにした。銀貨十枚あれば家族がひもじい思いをしなくてすむし、正規兵として雇ってもらえる——腕っ節一つで成り上がれるということに魅力を感じたのだ。だが、こうして羊のように追い立てられていると、本当に成り上がれるのか不安になってくる。

いや、と頭を振る。ここからだ。ここから自分は成り上がるのだ。将軍になって自分と同じような境遇の兵士に声を掛ける。私もお前達と一緒だった、と。尊敬の眼差しで見つめられる自分を想像して身震いする。

「止まれ！　白い部分を調べろッ！」

指揮官が叫び、ケイは立ち止まった。注意深く前方を見つめる。すると、地面が白く染まっていた。槍を構え、慎重に白い部分に近づく。風が吹き、白い煙が立ち上る。白く染まっているように見えた部分は粉のようだ。毒じゃないよな、と生唾を呑み込む。他の連中も同じことを考えたのか動きが鈍くなる。頭に血が上る。未来の将軍が有象無象と同じ行動を取ってしまった。

くそッ、と小さく吐き捨てて足を踏み出し——一気に駆け寄った。そして、白い粉の中からあるものを取り出す。ずっしりと重い。金貨だ。いや、初めて見るのでこれが本当に金貨なのか分からない。だが、この重量感はどうだ。これこそ本物の証ではないか。

「き、金貨だッ！」

誰かが叫び、ケイは舌打ちした。

「お、おい、本当か！」

「本当に金貨だ！」

「それは俺の金貨だぞッ！」

「知るか！　早い者勝ちだッ！」

隘路は瞬く間に兵士で溢れかえった。金貨を巡って争いが始まる。馬鹿ばかりだ。もちろん、ケイは頭の出来が違うので数枚の金貨を拾って馬鹿どもと距離を取った。

ケイは指で金貨を弾きながら馬鹿騒ぎを見物する。やはり、自分は将軍になる男なのだと確信を強める。兵士になってからほんの数日で大金を手に入れた。簡単にできることではない。再び指で金貨を弾き、斜面に女が立っていることに気付く。

何をしてるんだ？　とケイは目を細めた。女が手を突き出したのだ。そのまま何かを叫ぶ。すると、旋風が押し寄せてきた。痛ッ！　と目を押さえる。旋風に舞い上げられた白い粉が目に入ったのだ。他の連中も似たようなものであちこちから痛みを訴える声が上がる。こんなことをしてくる女に怒りを覚えながら手の甲で拭う。

だが、涙は後から後から出てくる。目を腕で庇いながら周囲の様子を確認する。旋風が一つになり、視界が白く染まる。その向こうで火が灯る。

魔術という言葉が脳裏を過る。なるほど、女は敵で、戦おうとしているのだ。ケイは金貨をポケットにしまい、槍を握り締めた。相手がやる気ならば話は早い。戦ってやろうじゃないかと考えた次の瞬間、視界が真っ赤に染まった。

ケイは壁を押しながら内心首を傾げた。何故、自分は壁を押しているのだろう。視界が真っ赤に染まったことまでは覚えている。問題なのはその後だ。視界が元に戻ると、目の前に壁があったのだ。壁が忽然と姿を現すなんて、どう考えてもおかしい。

さらにおかしいのは視界だ。白く濁っている。風は止んでいるのだからそろそろ視界が晴れてもいいはずだ。それなのに視界は白く濁ったままなのだ。

音も変だ。まるで厚い布を被った時のようにくぐもっている。おかしい、と首を傾げながら壁を押す。何度も壁を押し、あるものが目に留まった。それは槍だった。槍が壁に立てかけられている。そこでケイは自分が地面に倒れていることに気付いた。

安堵の息を吐く。地面に倒れているのなら簡単だ。立ち上がればいい。腕に力を込めるが、立ち上がれない。腕と脚が引き攣るような感じだ。助けを求めるのは癪だったが、ケイは仲間に手を借りることにした。

倒れたまま視線を巡らせ、息を呑む。人が、仲間が地面に倒れていた。それも一人や二人ではない。十人でも足りない。大勢倒れている。立っている者もいたが、その姿はおぞましいの一言に尽きた。全身が膨れ上がったり、皮膚が剥がれ落ちたりしているのだ。まるで地獄だ。地獄のような惨状を見ている内に不安が湧き上がってきた。

まさか、と呟く。いや、呟いたつもりだったが、口から漏れたのはヒューという音だけだった。心臓が早鐘を打つ。有り得ない。自分は将軍になる男だ。金貨だって誰よりも早く見つけて奪い合いに巻き込まれないように避難した。上手くやった。上手くやれる男なのだ。それなのに初陣で死ぬ。それも自分が何をされたかも分からないまま——。

「嫌——ッ！」

言葉の代わりにどす黒い血が口から溢れる。だが、ケイは叫んだ。手足をばたつかせて叫んだ。嫌だ。嫌だ。嫌だ。死にたくない。こんな所で死にたくない。なんで、俺がこんな所で死ななきゃならないんだ。こんなの絶対におかしい、と。

※

粉塵爆発ってあんな風になるんだ、とクロノはそんな感想を抱いた。先程、自分が見た光景を思い出す。まず、白い旋風が起きた。小麦粉を含んだ旋風だ。次に火が灯った。そして、次の瞬間、白い旋風が燃え上がったのだ。呆然と立ち尽くしていると——。

「うぉぉぉぉぉッ！　クロノ様が目にもの、見せたぁぁぁみたいなッ！」

「きっと、敵は小便をチビってるしぃぃぃぃッ！」

アリデッドとデネブが雄叫びを上げた。だが、背後にいる百人の重装歩兵は静まり返っている。普段から無口なリザドはともかく、ホルスも黙り込んでいる。このままではマズいと思ったのだろう。二人はさらに声を張り上げる。

「「クロノ様！　万歳ッ！」」

二人が両手を上げて叫ぶと、ざわめきが広がる。クロノ様という声が疎らに聞こえ、やがて大きなうねりへと変わっていく。クロノ様万歳の大合唱だ。ちょっといい気分だ。

クロノは部下に向き直った。ホルスとリザド、その後ろにいる百人の重装歩兵がクロノを見つめている。もたもたと剣を引き抜き、切っ先を爆発が起きた地点に向ける。

「突撃ッ！」

「うぉぉぉぉぉッ！」

クロノが叫ぶと、部下が雄叫びを上げた。リザドが駆け出し、ホルスが後に続く。クロノも一緒に駆け出そうとしたが、できなかった。アリデッドとデネブにマントを掴まれたのだ。肩越しに二人を見る。すると──。

「クロノ様は突撃しちゃ駄目だしッ！」

「折角、上げた士気が下がるしッ！」

アリデッドとデネブが低く抑えた声で言った。そんなクロノ達を避けて重装歩兵──ミノタウロスとリザードマンが駆ける。雄叫びを上げ、地響きを立てながら突き進む。自棄っぱちな感じがしなくもないが、士気が低いよりはマシか。空元気でも元気は元気だ。

「じゃあ、どうすれば？」

「あとからゆっくり付いて行くみたいな」

「格好悪いけど、クロノ様に死なれたら士気が下がるだけじゃなく、殿軍が瓦解するし」

「……分かった」

クロノはアリデッドとデネブに守られながら部下の後を追う。すぐに粉塵爆発が起きた場所に辿り着く。思わず口元を押さえる。ひどい有様だった。ミノタウロスとリザードマンに踏み潰されたのだろう。死体は原形を留めていない。隘路の端にある死体だけが辛うじて原形を留めている。

クロノは足を止め、死体を見下ろした。まだ若い。恐らく少年だろう。目を見開いたま

ま事切れている。鉛のような倦怠感を覚える。仕方のないことだ。武器を手に向かってきたのだ。殺すしかない。小さく溜息を吐いた次の瞬間、ドンッという音が響いた。

音のした方を見ると、神聖アルゴ王国軍の兵士がばたばたと倒れる所だった。リザドがマジックアイテムを使い、雷を放ったのだ。リザドが部下を引き連れて突進する。倒れた敵兵を容赦なく踏み潰しながらだ。敵兵が槍を構える。あどけない顔立ちの少年だが、リザドは容赦なく大槌を振り下ろした。敵兵が頭蓋骨を粉砕されて頽れる。

「ひ、ひぃぃぃッ！」

頭蓋骨を粉砕された少年の隣にいた兵士が悲鳴を上げ、逃げ出そうとする。だが、彼は逃げられなかった。背後にいた兵士に突き飛ばされたのだ。突き飛ばされた兵士の頭にリザドが大槌を振り下ろす。頭蓋骨が粉砕され、勢いよく眼球が飛び出す。鼻血もだ。

仲間を突き飛ばした兵士が雄叫びを上げ、槍を構えて突進する。裂帛の気合いと共に槍を突き出す。槍の穂先がリザドの胸に突き刺さる。次の瞬間、槍の柄が湾曲し、乾いた音を立てて折れた。リザドが足を踏み出す。すると――。

「ご、ごご、ごめんな――」

敵兵は槍の柄を投げ捨て、謝罪の言葉を口にしようとした。だが、最後まで言い切ることはできなかった。リザドが大槌を振り下ろしたからだ。敵兵が頽れる。

その隣ではホルスが戦っていた。ホルスが敵兵の顔に向け、軽く槍を突き出す。本当に軽く突き出しただけなのに敵兵は顔を庇うように両腕を上げた。そこに再び槍を突き出すと、槍の穂先が吸い込まれるように敵兵の胴を貫いた。ホルスは次の敵兵に対しても同じことを繰り返す。最初に軽く槍を突き出すだけで敵兵は為す術もなくやられるのだ。

何が起きているのか。クロノは三人目に攻撃を仕掛けるホルスを見つめ、反射を利用していることに気付いた。さらに敵兵がまともに訓練を受けていないことも。素人同然の彼らは顔に槍を向けられると反射的に庇ってしまう。ホルスはそれを利用しているのだ。それにしても頭を使った戦いをするとは意外だった。

しばらくすると、皆がホルスの真似を始めた。手数が増えるので疲労が増すだけではないかと思ったが、クロノは止めなかった。軽く武器を突き出して敵兵の動きを封じられるのなら、そちらの方がいいと思ったのだ。

隘路が敵兵の死体で埋まっていく。敵の指揮官は、とクロノは目を細め、隘路の奥で兵士を鼓舞する男を見つけた。馬に乗り、剣を振り回している。指揮官がイグニスでなかったことに安堵の息を吐く。もっとも、安堵してばかりはいられない。クロノはそれほど優れた指揮官ではない。むしろ、気を引き締めるべきだ。ポーチから通信用マジックアイテムを取り出し、口元に近づける。

「ナスル、いる?」

『隘路の斜面、神聖アルゴ王国軍の側面に潜んでいる』

呼びかけると、すぐに返事があった。その言葉に視線を巡らせる。だが、ナスル達が何処に潜んでいるか分からない。当たり前か。クロノ程度に居場所がバレるようならとっくに見つかっている。

「敵の指揮官を攻撃。その後は火系統の魔術を。タイミングは任せる」

『了解した』

ナスルが短く返事し、通信が途絶する。クロノは隘路を見つめた。戦況は優位に進んでいる。一方的な殺戮と評してもいいだろう。もちろん、油断はできない。敵の戦列はまだ崩壊していないのだ。斜面の茂みが小さく揺れ、無数の矢が放たれた。

矢に貫かれ、敵指揮官が馬から落下する。攻め時かと思ったが、副官と思しき男が即座に指揮を引き継ぐ。といっても剣を振り回して叫ぶ程度だが——。

そこに第二射が放たれる。矢が副官と思しき男を貫く。彼もまた指揮官と同じように馬から落下した。そこに無数の炎弾が降り注ぐ。炎弾は兵士や地面に接触するやいなや膨れ上がり、隘路の一角を包み込んだ。悲鳴が上がる。炎に包まれた敵兵のものだ。地面を転がって炎を消そうとするが、炎の勢いは弱まらない。人の焼ける臭いを嗅いだせいか、周囲にいた敵兵が嘔吐する。さらにその周囲にいた敵兵が嘔吐する。嘔吐の連鎖だ。

一人の男が口元を拭い、剣を引き抜いた。彼が第三席次だろうか。口を開いた瞬間、タンッと矢が眼球に突き立つ。矢を放ったのはアリデッドだ。敵指揮官は馬の首にもたれ掛かり、それきり動かない。

「そろそろ打ち止めになって欲しいみたいな」

アリデッドは溜息を吐くように言い、弓を下ろした。四人目の指揮官は出てこない。いや、指揮を引き継ぐべき人間はいるはずだが、立て続けに指揮官が殺されたせいで上手く引き継げなかったのだろう。

「敵指揮官を倒したぞ！　押し切れッ！」

「おぉぉぉぉぉッ！」

クロノが叫ぶと、部下達は一斉に雄叫びを上げた。すると――。

「も、もう嫌だッ！　何が正規兵だ！　使い捨てる気だったんじゃないかッ！」

一人の敵兵が武器を投げ捨て、その動きは瞬く間に全体に伝播した。敵兵が隘路を逆走する。制止しようとする者もいたが、パニック状態に陥った兵士を止めることはできなかった。人の波に呑まれ、すぐに見えなくなる。チャンスだ。

「追撃しろッ！」

クロノの指示に従い、ホルスとリザドが部下を率いて突進する。武器を振り下ろすたびに敵兵が倒れる。隘路は怒号と悲鳴、怨嗟の渦巻く地獄と化した。だが、どんな地獄にも終わりは訪れる。時間が経つにつれて声は小さくなっていく。リザドが大槌を振り下ろし、敵兵が倒れる。そして、静寂が訪れた。

リザドは舌を出し入れしながら周囲を見回した。だが、周囲には敵兵の死体が転がっているだけだ。生きている兵士はとっくに逃げ出し、その姿は芥子粒のように小さくなっている。追いかけることはできるが、敵本隊と接触する恐れがある。

つまり、ここで退却するのがベストな選択だ。落胆はしていない。最初から深追いするつもりはなかった。だから、比較的足の遅い重装歩兵を連れてきたのだ。作戦は予定通りに進み、敵に二百強の損害を与えた。なかなかの戦果だ。

「『全員、注目みたいなッ！』」

アリデッドとデネブが叫び、部下が一斉に振り返る。

「『一言、一言』」

「いきなり言われても困るよ」

アリデッドとデネブに脇腹を小突かれ、クロノはごにょごにょと呟いた。

「あたしらがフォローするから安心して欲しいし」

「でも、あまり景気の悪い言葉は勘弁みたいな」

「地味にハードルが高い」

クロノは部下を見つめ、咳払いをした。どんな言葉を掛けるべきか。頭を捻るが、いい言葉が思い浮かばない。アリデッドとデネブが催促するように肘鉄してくる。部下達の間にざわめきが広がる。一刻の猶予もない。クロノは剣を掲げた。

「度肝を抜いてやったッ！」

「うぉぉぉぉッ！　クロノ様が敵の度肝を抜いたみたいなッ！」

「クロノ様万歳！　クロノ様万歳ッ！　信じて付いてきてよかっただッ！」

「……万歳」

クロノが叫ぶ。すると、アリデッド、デネブ、ホルスが叫んだ。リザドはちょっとテンションが低めだ。クロノ様！　クロノ様万歳ッ！　と部下が叫び、それは間もなく大合唱に変わった。

※

「見たか？　神聖アルゴ王国軍の無様な姿」

「いきなり謝ってきたヤツもいたもんな」

「三人も敵の頭をかち割ってやったぜ」

「なんだ、たった三人か。俺は五人やったぜ」

クロノは部下の声を背中に受けながら隘路を進む。目的地はミノとタイガが構築中の野戦陣地だ。小さく溜息を吐くと、アリデッドとデネブが顔を覗き込んできた。

「クロノ様が憂鬱そうな溜息を吐いてるし」

「野戦陣地のことが心配みたいな」

「ん～、そっちは心配してないよ」

クロノは正直に答えた。ミノのことだから多少トラブルがあっても陣地構築を進めてくれているはずだ。溜息を吐いたのは別の理由だ。

アリデッドとデネブは可愛らしく小首を傾げ、口を開いた。

「「じゃあ、何みたいな？」」

「……ちょっと煽りすぎたかな～と思って」

クロノは少し間を置いて答えた。クロノ様万歳！　と声が響き、苦笑する。作戦が成功し、士気を高めることはできた。だが、背後から聞こえてくる会話を聞いていると部下が浮き足立っているような気がして不安になる。

「クロノ様の心配は杞憂だし。皆、状況が好転していないのは分かってるみたいな」

「必死に自分に酔おうとしたり、雰囲気に当てられようとしたりしてる感じだし」

「それなら大丈夫だね」

どちらか一方に言われたなら内心首を傾げていたはずだが、二人に言われるとそんな気がしてくる。皆、この逼迫した状況で希望を見いだそうと努力しているということか。そういうことならば窘める必要はないだろう。

部下の会話を背中で聞きながら隘路を進む。すると――。

「お？　陣地が見えてきたし」

「陣地構築は順調みたいな」

アリデッドとデネブが手でひさしを作りながら言い、クロノは目を細めた。隘路を塞ぐようにバリケード――第一防衛ラインが築かれていた。全て同じ高さではなく、胸壁のように凹凸になっている。奥にある第二防衛ラインもだ。ミノは――。

「急いで石を集めろ！　集めた石はバリケードの後ろに積めッ！」

ミノは声を張り上げ、部下に指示を出していた。タイガの姿は見えない。恐らく別の仕事をしているのだろう。不意にミノがこちらに視線を向け、アリデッドとデネブが肘でクロノの脇を小突いた。二人の意図を読み、高々と拳を掲げる。すると――。

「大将の帰還だ！　大将が神聖アルゴ王国軍をぶちのめして帰ってきたぞッ！」

　ミノが叫ぶと、歓声が上がった。英雄になったような気分だが、調子に乗ってはいけない。これは演出だ。指揮官であるクロノは言わば運転手だ。そんなクロノが雰囲気に酔ったら飲酒運転になってしまう。飲酒運転はよくない。そんな風に自分を戒めていると、ミノが駆け寄ってきた。クロノの前で立ち止まり、ぺこりと頭を下げる。

「大将、お疲れ様で」

「ミノさんこそ、陣地構築お疲れ様」

　クロノが労いの言葉を掛けると、ミノは微妙な顔をした。理由はよく分からないが、望んでいた答えではなかったようだ。汗が噴き出す。すかさず、アリデッドとデネブがクロノの隣に立ち、誇らしげに胸を張る。

「クロノ様は神聖アルゴ王国軍四百を見事にぶち殺したみたいな！」

「神聖アルゴ王国軍はクロノ様に恐れを成して逃げたしッ！」

「野郎ども！　大将が目にもの見せたぞッ！」

　少し話を盛っているが、及第点だったのだろう。ミノは振り返って叫んだ。再び歓声が上がる。クロノは自分のアドリブ力のなさにうんざりしながら部下に手を振った。飲酒運転はよくないと自分を戒めたばかりなのに気分がいい。

「大将、改めてお疲れ様で。陣地構築はあっしが進めておくんで休んで下せぇ」

「僕はミノさんと話すことがあるから皆は先に休んで」

「「了解みたいな！」」

クロノが目配せすると、アリデッドとデネブは敬礼して歩き出した。ホルスとリザド、彼らの部下もその後に続く。クロノはミノを見つめ――。

「アドリブのできない上司でごめんなさいね」

「こっちこそ無茶振りしてすいやせん。そういや四百人殺したって言ってやしたが……」

「実際はその半分くらい……。やっぱり、盛りすぎだよね」

「今回は勢いが欲しいんで構いやせん。前向きな気分にさせるのが重要でさ」

「……そうだね」

クロノは少し間を置いて頷いた。いいのかな～という思いはあるが、元の世界で見た戦争映画でも似たようなことを言っていた。そうだ。事実は重要ではない。今は倫理観より士気を上げる方が大事だ。まあ、正直にいえば気分というものに頼らざるを得ない状況が不安で仕方がないのだが――。溜息を吐き、改めて防御陣地を見る。

「そっちも順調みたいだね。けど、なんで胸壁みたいになってるの？」

「同じ高さにすると風で倒れそうになるんで、この形にしやした」

「風のことまでは考えてなかったや。やっぱり、ミノさんに任せてよかったよ。僕じゃこうはいかなかったと思うし」

「そんなに誉められると照れちまいやす」

ミノは照れ臭そうに頭を掻いた。

「ところで、荷車は何台残ってる？」

「五台残しやしたが……」

「それだけあれば十分だね。あと、タイガの姿が見えないんだけど？」

タイガは、とミノは斜面を見上げた。つられて斜面を見る。すると、斜面の上でタイガ達が何やら作業をしていた。資材を調達しているのだろうか。

「戦い始めたら余裕がなくなっちまうんで今から薪を集めさせてやす」

「ごめん、うっかりしてた。暖を取れないとリザド達が動けなくなっちゃうよね」

「なに、不足を補うのは副官の義務でさ。そういや、石は何に使うつもりなんで？」

「説明してなかったっけ？」

「聞いてやせん」

「実は、敵にぶつけてやろうと思って」

「……大将」

ぶふーッ、とミノは鼻から息を吐いた。

「貴族らしくないって言いたいんでしょ？　分かってるけど、ミノタウロスやリザードマンが全力で石を投げたらすごい武器になると思わない？」

「日に日に大将は貴族らしくなくなっていきやすね」

「誇りは犬に食べさせちゃったからね。それに、貴族らしい貴族を見たことがないし」

「レオンハルト様は貴族らしい感じがしやしたぜ」

「レオンハルト殿の真似したら死ぬと思う」

十騎の騎兵を一刀の下に斬り捨てるレオンハルトを思い出して身震いする。命が十個あれば一回くらい試してもいいが、たった一つの命だ。大事にしたい。

「あとは矢を節約したいんだよね」

「ああ、そっちもありやしたか」

「物資の心配をしながら戦争をしたくはないんだけどさ」

「同感でさ」

クロノがぼやくと、ミノは溜息交じりに応じた。不意にミノは黙り込み——。

「そろそろ、食事にしちゃどうですかい？」

「どうかしたの？」

「いい加減、視線が痛くなってきやした」

視線？　とクロノは呟き、ミノの背後を見た。すると、アリデッドとデネブが第一防衛ラインの陰からこちらを見ていた。しょ、く、じ、と口が動く。

「ちょっと待たせすぎたかもね」

「分かってもらえて助かりやす。最後に一つだけ……」

「なに？」

「本当の所、アリデッドとデネブをどうするつもりなんで？」

「も、もちろん、ちゃんと愛人にしますよ」

「そいつはよかった。余計なことを言っちまったんじゃないかと心配してたんでさ」

クロノが上擦った声で答えると、ミノはホッと息を吐いた。言いたいことはあったが、止めておく。二つの夢を手に入れた。それでいいと思ったのだ。だが——。

「あの、ミノさん？　レイラに説明する時は——」

「そいつは勘弁して下せぇ」

ミノはクロノの言葉を遮って言った。ですよね、と項垂れる。

「じゃ、僕は食事を摂ってくるよ」

「へい、ゆっくり休んで下せぇ」

ミノが前傾になるように頭を下げ、クロノはアリデッドとデネブの下に向かう。第一防衛ライン——荷車を分解して作ったバリケードの凹部分を跨ぎ、小さく呻く。脚の長さが足りずにバリケードが股間に食い込んだのだ。越えられそうで越えられないとは地味かつ効果的な嫌がらせだ。

第一防衛ラインを乗り越えると、アリデッドとデネブが左右から腕を絡めてきた。ぐいぐいと胸を押しつけてくる。だが、流石ゴルディ謹製の鎧というべきか柔らかな感触が伝わってこない。

「もう、待ちくたびれたみたいな」

「でも、少しくらいなら我慢するし」

二人に腕を引かれて斜面に移動する。腰を下ろしてポーチから硬パンを取り出すと、バキ、バキッという音が響く。アリデッドとデネブが硬パンを噛み砕く音だ。視線を巡らせる。すると、少し離れた所でホルスとリザドも硬パンを食べていた。

「硬パンは歯応えがあって美味ぇだ。癖になりそうな美味さだ」

「……美味」

二人とも満足そうだ。というか、不満に感じているのはクロノだけのようだ。う～ん、と唸り、奥歯で硬パンを噛む。噛んでいる内に柔らかくなったので折って呑み込む。

「……自分で作らせておいてなんだけど」

「「なんだけど？」」

クロノが呟くと、アリデッドとデネブは可愛らしく小首を傾げた。

「硬パンって、あまり美味しくないよね？」

「十分、美味しいし」

「好き嫌いはよくないみたいな」

残念ながら共感を得られなかった。一抹の寂しさを覚えながら硬パンを食べる。

「ふぅ、ちょっと物足りないけど、これくらいにしておくし」

「食べてすぐに寝るのは行儀が悪いし」

硬パンを食べ終えたアリデッドが斜面に横たわり、デネブがそれを窘める。こうしてみると、やはり性格が違うのだなと思う。

「あ～、飴が食べたいし」

「もう食べちゃったの？」

「違うし。硬パンを支給した時に再分配して手持ちが少なくなったみたいな」

クロノが問い掛けると、アリデッドは溜息交じりに答えた。

「うぐぐ、食べてないのに減るなんて辛いし」

「これから一緒に戦うんだから公平に分けるべきだし」

「それは分かってるけど、釈然としないみたいな」

むぅ、とアリデッドは下唇を突き出した。チラチラと視線を向けてくる。クロノの飴玉を狙っているのだろう。分けてあげてもいいかなとは思うが――。

「クロノ様、甘やかしたら付け上がるから塩対応を推奨するみたいな」

「ぐッ、妹があたしを陥れようとしてるし」

「してないし」

アリデッドが呻き、デネブはうんざりしたような口調で言った。そんな二人を横目に見ながら硬パンを呑み込み、ホッと息を吐いた。

「デネブは昔からちょっと要領のいい所があるし」

「お姉ちゃんには負けるよ」

「クロノ様の愛人になった途端、自己主張を始めるなんて猪口才だし！」

「好きな人には本当の私を見て欲しいの！」

「本当の自分だなんて片腹痛いし！」

二人はぎゃーぎゃーと言い争いを始めた。食事の後くらい静かにして欲しいな～、とクロノは天を仰いだ。斜面に挟まれているせいで空が狭く感じる。その時――。

『こちらナスル。神聖アルゴ王国軍が再び動き始めた』

通信用マジックアイテムからナスルの声が響いた。クロノはポーチから通信用マジックアイテムを取り出して叫ぶ。

「こちらクロノ！　進軍スピードは？」

『少しもたついているが、一時間もあればそちらに到着するはずだ。足止めは？』

「ナスルは監視に専念して」

『承知した』

通信用マジックアイテムをしまって立ち上がると、ミノが駆け寄ってきた。

「ミノさん！　戦闘準備ッ！」

「分かりやした！　ホルス、リザド隊は第一防衛ラインの後ろに並べ！　アリデッド、デネブは弓兵と護衛の歩兵を連れて斜面の両側に展開しろ！　タイガは石の補給だ！　いつでも突っ込めるように準備だけはしておけ！」

クロノが指示を出すと、ミノは力強く頷いた。ポーチから通信用マジックアイテムを取り出して細かい指示を出す。流石、ベテランだ。感心していると、デネブが歩み寄ってきた。恥ずかしそうにしている。

「クロノ様、ちょっといいみたいな？」

「どうかしたの？」

「これから戦いだから――」

「了解！」

クロノはデネブの言葉を待たずに抱き寄せ、唇を貪った。思う存分、唇の感触を堪能した後に解放すると、デネブはへたり込んだ。恥ずかしいのだろう。真っ赤になっている。

「これでＯＫ？」

「み、耳を撫で撫でしてもらおうと思ったのに予想外の展開だし」

「いきなりキスされるとか超ウケるし！」

デネブが口元を押さえて顔を背ける。アリデッドはそんな彼女を指差し、ゲラゲラと笑っている。申し訳ないことをしてしまった。お詫びの気持ちを込めて耳を撫でると、デネブは体を震わせ、目を潤ませた。立ち上がったので耳を撫でるのを止める。

「クロノ様！」

「――ッ！」

名前を呼ばれた次の瞬間、アリデッドが首に手を回してきた。そのままキスされる。

チュポンという音と共にアリデッドが離れる。

「続きは後でみたいな！」

ニヒヒ、とアリデッドは笑い、斜面に向かって走り出した。ぐッ、とデネブは呻き、アリデッドとは反対方向に駆け出した。やや遅れて弓兵と歩兵が二人の後に続く。クロノは手の甲で唇を拭い、第一防衛ライン——ミノの下に向かった。

一列目はリザドに率いられたリザードマン、二列目はホルスに率いられたミノタウロスだ。三列目はリザードマンとミノタウロスの混成部隊だ。

「……舌を入れられた」

「聞かなかったことにしておきやす」

ぶふーッ、とミノは鼻から息を吐き、口角を吊り上げた。つられてクロノも笑う。やはり、養父の言葉は正しかった。こんな状況だが、誰かが笑っているとまだ余裕があるという気がしてくる。まだ、自分達は大丈夫だ。

※

太陽が中天を過ぎ、わずかに西へ傾き始めた頃——クロノは第一防衛ラインの後ろに立ち、その時を待つ。不意に隣に立っていたミノが身を屈める。

「来やした」

「うん、分かってる」

ミノがぼそっと呟き、クロノは頷いた。足音は聞こえないが、敵が近づいてきていることは分かった。前方を見据える。斜面の陰から敵兵が姿を現す。先頭が第一防衛ラインまで百メートルという所で動きを止める。足が震える。当然か。敵の数はあまりに多い。目に見える範囲は全て敵、さらに隘路の奥まで続いているのだ。

「イグニス将軍はいないみたいだね」

「代わりはいるみたいですぜ」

ミノが呟いた直後、隘路の奥から馬に乗った男が姿を現した。神官服を着た男だ。馬で味方を押し退けるようにして近づいてくる。

「攻撃を仕掛けやすか？」

「退去勧告をしてくれるかも知れないし、様子を見よう」

「そいつは高望みが過ぎやすぜ」

男は最前列の先——五十メートルほどの距離まで近づいてきた。さらに距離を詰める。

「私は純白神殿の神祇官である！」

男——神祇官は馬上で声を張り上げた。どうして、神殿の関係者が戦場にいるのか。クロノは不思議に思ったが、神祇官は構わずに続けた。

「指揮官に用がある！　指揮官は誰かッ！」

「どうしやす？」

「一応、話を聞いてみる。まあ、いい予感はしないんだけど」

「あっしもでさ」

　クロノは神祇官を見つめ、大きく息を吸った。

「指揮官のクロノ・クロフォードである！　用件は何かッ！」

「我々の目的はアルフォートを捕らえることである！　今すぐ道を空けよッ！」

　クロノが叫ぶと、神祇官は叫び返してきた。嫌な予感が的中した。それにしても、どうやってアルフォートのことを知ったのだろう。いや、アルフォートの存在は末端の兵士まで知っていた。恐らく、捕虜になった者が情報を漏らしたのだろう。

「私には神祇官殿が何を言っているのか理解できない！」

「嘘を吐くな！　捕虜を拷問して得た情報だぞッ！」

　クロノがとぼけると、神祇官は顔を真っ赤にして叫んだ。両軍の兵士がざわめく。何とか煙に巻こうと思ったのだが、まさか拷問して情報を引き出したとは──。

「理解できたのなら道を空けよ！　そうすれば命だけは助けてやるッ！」

「返答は明日まで待って頂きたいッ！」

「ふざけるな！　明日まで待っていたらアルフォートが逃げてしまうではないかッ！」

「そのつもりで言ったんだよ！　このスカタンッ！」

クロノが怒鳴り返すと、神祇官の顔がどす黒く染まった。どうやら、怒らせてしまったようだ。もう少し穏便な言葉を使った方がよかっただろうか。いや、どんな丁寧な言葉遣いでも最終的には怒らせていたに違いない。

道を空けるにせよ、押し通られるにせよ、アルフォートが捕まったら責任問題に発展する。最悪、養父にまで迷惑を掛けることになる。仮に責任問題に発展しないとしても女将の身が危険に曝されることには変わりない。初めから交渉の余地などないのだ。

「交渉は決裂だ！」

神祇官は叫び、馬首を巡らせた。クロノはミノを見上げる。

「交渉は決裂らしい」

「他人事みたいに言いやすね。もうちょい交渉してもよかったんじゃありやせんか」

「あの状況からこっちに有利な約束を取り付けたらそれだけで食べていけるよ」

「言ってみただけでさ。むしろ、道を空けると言われたらどうしようかと思いやしたぜ」

「命以外に大事なものがなければそうするんだけどね。結局、戦った方がまだチャンスがあるんだよね。まあ、神祇官を信用できなかったってのもあるんだけどさ」

　クロノは小さく溜息を吐いた。

「そういうことなら勝たないといけやせんね」

「もちろん、勝つよ」

　ミノの言葉にクロノは力強く頷いた。正直、勝率は高くない。だが、負けるつもりで戦っても仕方がない。戦うのならば勝つつもりで。そうでなければ勝てない。

「進めぇッ！」

　神祇官の声が響き、敵兵が動き始めた。槍を構えながらゆっくりと近づいてくる。いや、恐る恐るというべきか。クロノは敵兵の装備を見る。いい装備ではない。悪いと評してもいい。これならば投石の練習ができる。

「ホルス隊！　石を構えてッ！」

「皆、石を持つだ！」

　クロノが叫ぶと、ホルスが復唱した。ホルスと彼の部下であるミノタウロスが足下に置かれた石を手に取る。ミノタウロスと比べると小さく見える。だが、実際は赤ん坊の頭ほどの大きさがある。当たり所が悪ければ死ぬ。

「投石開始！」

「投げるだぁ！」

ホルスとミノタウロス達が一斉に石を投げる。

「石だ！　避けろッ！」

敵兵が叫ぶ。パニック状態になることを期待していたが、そうはならなかった。ホルス達の投げた石は山なりの軌道を描き、敵の後方に落下したからだ。

「そういう投げ方じゃないよ！　投げ方は……こうッ！」

クロノは石を手に取り、オーバースローの要領で投げた。だが、石は敵兵の遙か手前で落ちた。まあ、五十メートル近く離れているので届かなくて当然だ。にもかかわらず。敵兵はゲラゲラと笑った。調子に乗ったのだろう。敵兵の一人が歩み出る。

「おいおい！　全然届いて——ぺぎゅるッ！」

クロノを煽ろうとしたようだが、彼は最後まで言葉を紡ぐことができなかった。リザドの投げた石が顔面に直撃したのだ。石を顔面にめり込ませたまま動かない。彼だけではない。全ての敵兵が動きを止めていた。もっとも、それはこちらも同じだ。

一秒が経ち、二秒が経ち——たっぷり十秒ほど過ぎた頃に顔面にめり込んでいた石が地面に落ちた。それでバランスが崩れたのだろう。敵兵が背中から倒れる。支えようとする者はいない。まるで伝染病を恐れるかのように距離を取る。沈黙が続く。

「……撃破」

リザドが呟き、クロノは笑みを浮かべた。敵兵が怖じ気づいたかのように後退る。

「投げまくれッ！」

「投げるだ！　投げまくるだッ！」

「……投擲」

クロノが叫ぶと、ホルス達が石を投げ始めた。一列目と二列目の連携は上手くいっていない。それでも、途切れることなく石を投げることには成功していた。短い悲鳴が断続的に上がり、敵兵がばたばたと倒れる。機工弓で放つ矢が銃弾なら投石は砲弾だ。頭や胴体に当たれば致命傷、腕や脚に当たっても行動不能になる。投石の恐ろしさに気付いたのだろう。敵兵が悲鳴じみた声を上げる。

「逃げろッ！」

「何処に逃げりゃいいんだよ！」

「身を隠せ！」

「隠れる場所なんて何処にもねーよ！」

敵兵が身を隠すこともできずに投石の餌食になり、クロノは笑みを深めた。斜面が迫り出している所まで隘路は一直線に伸びている。その距離は数百メートル。ここは投石が最も効果を発揮する場所なのだ。

「斜面だ！　斜面に張り付けッ！」

叫び声が響き渡り、敵兵が左右に分かれて斜面に張り付く。挙動の遅れた敵兵が、肉の盾を失った後列の兵士が投石の餌食になる。神祇官は、とクロノは視線を巡らせる。すると、神祇官は投石の射程外に逃れていた。いつの間に逃げ出したのか。まあ、神祇官は神殿の中でも上位の役職なので危機察知能力に長けるのだろう。

ぎゃッ、と短い悲鳴が上がる。悲鳴のした方を見ると、敵兵の背中に矢が突き刺さっていた。斜面の頂上に布陣した弓兵による攻撃だ。断続的に矢が飛来し、斜面に張り付いている敵兵を貫く。前からは投石、側面からは矢——神聖アルゴ王国軍は進むことも、退くこともできなくなった。ただし、それは投石の射程内にいる敵に限っての話だ。動けなくなっているのは精々数百人——殆どの敵兵が無事なのだ。

「このままじゃ厳しいか？」

クロノは手で口元を覆って呟いた。

※

イグニスは岩に腰を下ろし、部下——バンの報告に耳を傾ける。

「どうします?」

「……このまま待機だ」

イグニスが間を置いて答えると、バンは顔を顰めた。気持ちは分かる。バンはクロノに心をへし折られている。にもかかわらず再び戦場に立った。それは無残に殺された仲間の仇を討つという思いがあればこそだ。それなのに後方で待機しろと言われたのだ。顔を顰めたくもなるだろう。

「イグニス将軍、私は貴方の下で戦ってきたことを誇りに思っています。去年の、エラキス侯爵領への侵攻も王国のためと考えていました。ですが、この扱いは……」

「言うな」

「……………承知しました」

イグニスが短く告げると、バンは長い沈黙の後で答えた。イグニスにも国を守ってきた自負がある。今の状況に不満や憤りを感じない訳がない。だが、だからこそ、耐えるべきだと思う。部下を統率する立場にある者は私情に走るべきではない。

視界の隅で兵士が動く。何事かと顔を上げると、馬に乗った神祇官が斜面の陰から出てくる所だった。手柄を独り占めするために前線で指揮を執るとばかり考えていたが、そうではなかったようだ。神祇官が馬から下り、イグニスは立ち上がった。

「神祇官殿、交渉の首尾は？」

「失敗した。まったく、あの男は何なのだ。折角、私が助かるチャンスを与えてやったというのにそれを断るとは。私の申し出を断っただけでも許しがたいというのに石を投げてくるなど貴族とはとても思えん」

神祇官は苛立たしげに地面を蹴り、ぶつくさと文句を言った。

「所詮は成り上がり者の息子か」

「成り上がり者の息子？」

「なんだ、そんなことも知らないのか」

イグニスが鸚鵡返しに呟くと、神祇官は小馬鹿にするように言った。バンが歩み出ようとするが、目配せして動きを封じる。こんな所で古参の部下を失う訳にはいかない。

「生憎、浅学の身ですので。ご教授頂ければ」

「ふん、あのクロノという男の父親は元傭兵だそうだ。クロードという名で、三十年ほど前の内乱で皇帝に取り入り、貴族の地位を得たらしい」

「ああ、なるほど」

道理で貴族らしくない戦い方をするはずだ、とイグニスは頷いた。

「しかし、傭兵から貴族になった男の息子とは……」

「傭兵から貴族になったからなんだというのだ」

「手強いという話です。よろしければ力を貸しますが？」

「……不要だ」

神祇官はムッとしたように言った。

「では、助力が必要な時はお申し付け下さい。そういえば帝国軍が石を投げてきたと仰っていましたが――」

「問題ない。数はこちらが勝っているのだ。押し切れる」

神祇官は不愉快そうに顔を顰め、再び馬に乗った。

「どちらに？」

「丘に移動するのだ。指揮ならそこからでもできる」

神祇官は吐き捨て、馬を走らせた。イグニスは神祇官を見送り、バンに話し掛けた。

「クロード・クロフォードという傭兵を知っているか？」

「傭兵については詳しくないもんで」

そうか、とイグニスは呟き、岩に腰を下ろした。クロード・クロフォードがどんな人物か分かれば対策が練りやすいと思ったのだが、うまい話はないということか。

「イグニス将軍、数で押し切れると思いますか？」

「通常であれば押し切れるだろう。何故、そんなことを聞く？」

「そりゃ、自分の手で仇を取りたいからですよ。自分の知らない所で仇が勝手に死ぬなんて冗談じゃありませんよ。しかも、あのいけ好かない神祇官に殺されるなんて。イグニス将軍もそうでしょう？」

「聞かなかったことにしてやる」

イグニスは苦笑して答えた。

※

夕方――クロノはミノの隣に立ち、戦場を見つめた。リザドが押し寄せてくる敵兵に石を投げつける。一直線に飛んだ石が顔面を捉え、敵兵がその場に頽れる。だが、瀕死の戦友を跨ぎ、新たな敵兵が近づいてくる。またか、とクロノは心の中で吐き捨てた。投石は絶大な効果を発揮した。死傷者が隘路を埋め、敵兵はそれを跨がなければ進めないほどの戦果だ。だというのに戦況は依然としてこちらが不利なままだ。

「進め！　戦友の屍を越えて進めぇッ！」

後方で馬に乗った男が叫ぶ。神祇官から指揮を引き継いだ指揮官だ。進めと叫んで剣を振り回しているだけだが、その程度の相手から主導権を奪えない。

理由は分かっている。物量の差だ。特に矢を節約しなければならないのが痛い。矢を節約せずに済むのなら主導権を奪うことも不可能ではないのだが——。

「いいぞ！　この調子を維持すれば勝てるッ！　皆、この調子を維持してッ！」

「わ、分かっただ！」

「……承知」

クロノは内心を押し殺して部下を鼓舞した。すると、ホルスとリザドが石を投げながら応じた。リザドはともかく、ホルスは疲労の色が濃い。石を投げ続けていることだけではなく、敵兵が次から次へと現れることも原因だろう。元々、精神的に脆いタイプだ。ストレスが疲労に拍車を掛けているのは間違いない。

何とか戦況を覆したい。そんな思いを抱きながら背後——第一、第二防衛ラインの間を見る。タイガ達が前線に石を補給しているが、その石は最初の頃のそれに比べてかなり小さい。石がなくなりつつあるのだ。クロノは隣に立つミノに視線を向けた。

「ミノさんはどう見る？」

「じり貧ですぜ」

「……そうだよね」

クロノは小さく溜息を吐いた。駆け出し同然のクロノとベテランのミノの意見が一致しているのだ。戦況は悪化する一方と考えて間違いない。

「一発逆転のアイディアはありやすか？」

「いいね、一発逆転」

クロノは笑った。この状態から逆転できればさぞ気分がいいだろう。もっとも——。

「逆転できるようなアイディアはないかな」

「流石に無茶ぶりがすぎやした」

「ただ、まあ、タイミング次第だけど、敵を押し返すことはできると思う」

「押し返して、その先は？」

「指揮官の……」

クロノは敵の指揮官に視線を向けた。馬上で剣を振り回しながら叫んでいる。

「首を取る。前線を混乱させて時間を稼ぐ」

「風が吹けば桶屋が儲かるって感じがしやすけどね」

「本隊が逃げる時間を稼げれば万歳、敵が諦めてくれれば万々歳だよ」

「それで、どうやって首を取るんで？」

「やけに素直だね。皮肉の一つも言われるかと思ったんだけど」

「皮肉も何もあっしにゃ状況を打開する策が浮かびやせんからね」

ぶふーッ、とミノは鼻から息を吐いた。

「なんだかんだと大将にゃ才能があると思いやす」

「誉めすぎだよ」

クロノは苦笑した。あまり誉められると調子に乗ってしまいそうだし、死亡フラグなのではないかと不安になってくる。

「去年、神聖アルゴ王国軍を追い返した大将の才能に期待するだけですぜ。改めて聞きやすが、どんな作戦なんで？」

「ミノさん、樽は？」

「樽？　ああ、クレイさんから預かりやした」

ミノは首を傾げ、ポンと手を打ち鳴らした。

「持ってきて」

「分かりやした」

ミノは斜面に向かい、小樽を担いで戻ってきた。

「持ってきやしたが、こいつは？」

「アルコールだよ」

「――ッ！」

イグニスが火だるまになった光景を思い出したのだろう。ミノはぎょっと担いでいる樽を見つめた。無理もない。ミノにとってアルコールは得体の知れない危険物だ。

「こいつで敵を焼き払うんですかい？」

「それだけの火力があればいいんだけど……。精々、びっくりさせるくらいだよ」

「びっくりさせてどうするんで？」

「敵が退いた所に突っ込む」

「そいつは……」

ミノは口籠もった。言いたいことは分かる。相手が退かなければ無駄死にだ。反対するつもりか。ミノが口を開く。その時、タイガが駆け寄ってきた。

「クロノ様、ミノ副官、報告でござる」

「どうしたの？」

「石がなくなりそうでござる」

クロノが問い掛けると、タイガは呻くように言った。

「ミノさん、小樽を投げるタイミングは任せる」

「大将、まさか……」

「石がなくなったら敵が勢いづくからね。タイガ、突撃する。付き合って」

「合点承知でござる。タイガ隊、武器を持って集合でござる」

　クロノはミノの肩を叩き、いつでも飛び出せるように第一防衛ラインに歩み寄る。

「ああ、もう石がなくなっちまいそうだ」

　ホルスが情けない声を上げた。精神的に脆いのは仕方がないとしても百人隊長としての自覚を持って欲しい。だが、ホルスがこれだけみっともない姿を曝していると、しっかりしなければという気になる。クロノは第一防衛ラインの陰に隠れ、タイガ達に視線を向けた。すでに百人ほどが集まっている。

「ああッ！　石がなくなっただッ！」

「突撃せよッ！」

　ホルスが悲鳴を上げ、敵の指揮官が命令を下した。敵兵が周囲の反応を窺うように視線を巡らせたその時、小樽がクロノ達の頭上を通り過ぎた。

「リザド！　落下と同時に樽を撃てッ！」

「……雷」

　クロノが叫ぶと同時に小樽が落下する。やや遅れてリザドが大槌――マジックアイテムから雷を放つ。雷を受けた小樽が爆発し、真っ赤な炎が広がる。火だるまになった者もいたが、敵兵の殆どはその場から離れて難を逃れる。

「タイガ隊！　僕に続けッ！」

クロノは剣を抜き、第一防衛ラインから飛び出した。次の瞬間、タイガ達が付いてきているか不安になったが、信じて突っ走るしかない。タイガ達が付いてこなかったとしたらそれはクロノに至らない点があったからだろう。

不安を振り払うように足を動かす。すぐに炎に到達する。距離を詰めるまでに火勢が弱まってくれればよかったのだが、炎は勢いよく燃えている。まるで炎の壁だ。意を決して炎の壁に飛び込む。熱い。だが、熱を感じたのは一瞬だ。次の瞬間には炎の壁を突き破っていた。敵兵がぎょっとした顔でクロノを見ている。ぴくりと体が動き——。

「きぇぇぇぇぇッ！」

クロノが奇声を上げると、敵兵は動きを止めた。その隙を突き、剣を突き出す。切っ先が喉を貫き、敵兵は膝から崩れ落ちるようにその場に倒れた。

「よ、よくも——」

「クロノ様、頭を下げるでござる！」

友達だったのだろうか。隣にいた敵兵が口を開く。だが、彼の言葉はタイガの叫びに呑まれた。しゃがんだ次の瞬間、タイガがクロノを飛び越えた。流石、虎の獣人。見事な跳躍力だ。軽やかに着地し――。

「炎でござる！」

タイガは大剣を一閃させた。爆発が起き、敵兵が吹き飛ばされる。そこにタイガ隊が雪崩れ込んだ。獣人達は倒れている敵兵にも容赦なく攻撃を浴びせた。敵兵が反撃に転じようとするが、動きは鈍い。戦闘経験があまりないのだろう。

チャンスだ。このまま押し込んで敵指揮官の首を取る。足を踏み出すが、タイガの方が速かった。タイガが斬り込み、マジックアイテムで敵兵を吹き飛ばす。そこに獣人達が再び雪崩れ込み、傷口を広げる。

「獣人どもを倒せ！　私に近づけるなッ！」

敵指揮官が馬上で剣を振り回しながら叫ぶ。自分が狙われていると気付いたようだ。神祇官といい、この指揮官といい、危機察知能力に長けているようだ。もう少し鈍い人物であればよかったのだが、流石にそこまでは期待しすぎか。

クロノ達は一丸となって敵指揮官に向かって突き進む。だが、なかなか進めない。奇襲の効果が薄れ、敵が反撃に転じたのだ。まったく、嫌になる。危機が去りつつあると考えたのか敵指揮官がニヤリと笑い――。

「天枢神楽ッ！」

クロノは魔術を使った。魔術式が滝のように流れ落ち、こめかみに鈍痛が走る。漆黒の球体が生まれ、敵指揮官に向かう。敵指揮官はぎょっと目を剥いた。

「魔術だ！　それを叩き落とせッ！」

敵指揮官が剣を振り回しながら叫び、敵兵が槍で漆黒の球体を突く。だが、漆黒の球体は槍をすり抜けて直進する。敵指揮官が馬首を巡らせる。逃げるつもりだ。クロノは舌打ちした。敵指揮官の対応は正しい。天枢神楽のスピードは決して速くない。馬で逃げられたらそれまでだ。

「ど、退け！　貴様ら、道を空けんかッ！」

敵指揮官がヒステリックに叫ぶ。味方の兵士が邪魔をして逃げられないのだ。斬り捨てるつもりか。剣を振り上げる。だが、遅い。クロノが拳を握り締めると、敵指揮官の頭が消滅した。血が噴き出し、頭を失った敵指揮官の体が馬から落下する。

「撤退ッ！」

「炎でござる！」

クロノが叫ぶと、タイガは大剣を振り下ろした。爆発が起き、敵兵が吹き飛ぶ。クロノ達は踵を返して走り出した。追撃はないと思っていたのだが――。

「に、逃げたぞ！」

「お、追え！　追えッ！」

「仲間の仇だッ！」

殺せぇぇぇッ！　と敵兵は叫び、追いかけてきた。敵指揮官の首を取れば混乱すると考えていたが、まさか暴走するとは——。それにしても、いつの間にこんなにヘイトを集めていたのだろう。いや、今はそんなことを考えている暇はない。逃げなければ。

「走れ！　走れッ！」

「拙者とクロノ様が最後尾でござるよ！」

いつの間にやって来たのか。タイガが隣で叫ぶ。肩越しに背後を見る。背後にいるのは敵兵だけだ。味方の姿はない。目を血走らせて追いかけてくる。

「失礼するでござる！」

「おぐッ！」

腹部に衝撃が走る。まるで丸太に激突したような衝撃だ。視界が高くなる。タイガがクロノを担ぎ上げたのだ。そのまま走り出す。速い。敵兵をぐんぐん引き離す。クロノが自力で走るより速いのではないだろうか。

「いや、僕も努力はしてるんだけどね」

「舌を噛むでござるよ！」

「舌を──ッ！」

クロノは鸚鵡返しに呟こうとしたが、できなかった。突然、タイガが跳躍したのだ。低くなっている部分とはいえ軽々と第一防衛ラインを飛び越える。地面が近づく。着地と同時に衝撃がクロノを貫いた。息が詰まる。マズい。命令が出せない。ミノがポールアクスを手に第一防衛ラインに駆け寄る。

「颪よ！」

「……雷」

ミノのポールアクスから衝撃波が、リザドの大槌から雷が放たれる。悲鳴が上がり、敵兵が吹き飛ばされたり、その場に頽れたりする。退いてくれ、と祈るような気持ちで敵兵を見つめる。だが──。

「くそッ、よくもッ！」

「足を止めるな！」

「くッ、少し体が痺れただけだ！」

「皆の恨みを思い知らせてやる！」

敵兵は止まらない。アドレナリンやら何やらが分泌されて痛みや恐怖を感じなくなっているのだろうか。そこに矢が降り注ぐ。弓兵の援護だ。矢に貫かれ、敵兵がばたばたと倒れる。多くの犠牲が出ている。にもかかわらず、敵兵は止まらない。仲間の死体を踏み越えて突き進んでくる。

「ぐぁッ！　ひ、ひるむなぁッ！」

「倒れてたまるかッ！」

うぉぉぉぉぉッ！　と敵兵が雄叫びを上げた次の瞬間、丸太が転がり落ちてきた。切り倒したのではなく、倒木を利用したのだろう。斜面を見上げると、アリデッドが手を振っていた。為す術もなく敵兵は吹き飛ばされた。沈黙が舞い降りる。

「に、逃げろぉぉぉッ！」

敵兵は武器を捨てて逃げ出した。仲間が丸太で吹き飛ばされたことで我に返ったのだろう。追い打ちを掛けるように矢が降り注ぎ、敵兵が短い悲鳴を上げて倒れる。

「下ろすでござる」

「そっとね」

クロノは地面に下り、小さく溜息を吐いた。すぐにミノの下に向かう。ミノはポールアクスを担ぎ、敵を睨んでいた。敵は第一防衛ラインから百メートルほど離れた所まで退いている。あれだけ戦ったのに数が減ったようには見えない。

「ミノさん、援護してくれてありがとう」

「礼には及びやせん。ただ、あまり無茶はしないで下せぇ」

「先陣を切らなきゃいけないと思ったんだよ」

タイガなら先陣を切ってくれたと思うが、今は撤退戦の真っ最中——非常に追い詰められた状況だ。そんな時に指揮官が安全な後方にいたら士気が下がる。

「攻めてこないね。指揮官を倒したからかな？」

「それもあると思いやすが、様子を見てるんだと思いやす」

ミノは敵を睨んだまま、ぶるりと身を震わせた。

「こいつはちぃとばかりヤバそうですぜ」

「ヤバいって、強いってこと？」

「へい、古参兵特有の臭いがしやす」

ふ～ん、とクロノは相槌を打った。古参兵特有の臭いと言われても分からないが、ミノが言うのだからあるのだろう。改めて敵に視線を向ける。目は血走っているが、表情はのっぺりしている。ミノの言葉を聞いた後だと油断ならない相手のような気がしてくる。

まあ、相手が古参兵だろうと、新兵だろうとクロノの仕事は変わらない。本隊が逃げる時間を稼ぎ、生きて領地に戻る。それだけだ。

「新しい指揮官が来たら攻めてくると思う？」

「すぐってことはないと思いやす」

「どうして？」

クロノが問い掛けると、ミノが人差し指を上に向けた。次の瞬間、視界が翳った。慌てて空を見上げる。すると、太陽が地平線の彼方に沈んでいく所だった。

「狙い澄ましたようなタイミングだね」

「あっしも驚きやした」

ミノは照れ臭そうに頭を掻いた。

「タイミングの件はさておき、周りが丘になってるんで夜はかなり暗くなりやす。真っ当な指揮官ならまず攻めてきやせん」

「真っ当な指揮官か」

正直、神祇官が真っ当な指揮官とは思えない。いや、と頭を振る。相手に合わせていたら主導権を取り戻せない。攻める姿勢が大事だ。

「ミノさん、隊を四班に分けよう」

「四班ですかい？」

ミノが訝しげに眉根を寄せ、クロノは四班の役割を説明した。一班は第一防衛ラインの死守、二班は陣地の強化、三班は休憩、四班は——。

第二章『夢路』

夜――イグニスは伝令と共に天幕に入った。丘の上に設置された天幕だ。神祇官は机に向かっていた。仕事をしているのではない。ワインを飲んでいた。空き瓶が何本も足下に転がっているが、酔っている感じはしない。重圧のせいで酔うに酔えないのだろう。

「報告で――」

「何故、貴殿がここにいる！」

伝令の言葉を遮って神祇官が叫んだ。イグニスは小さく息を吐き、歩み出た。

「前線の指揮官が戦死しました」

「なんだ、そんなことか。そんなことより……何故、持ち場を離れた！　私は待機するよう命じたはずだぞッ！」

神祇官はいきなり声を荒らげた。

「陽が暮れました。隘路で待機するのは危険です」

「隘路の何が危険だと言うのだッ！」

神祇官は大声で言った。どうやら、丘陵地帯の一件を忘れてしまったようだ。

「篝火を焚き、用心すれば問題ない！」

「夜襲の可能性があります」

「一旦、兵を退くべきです」

「できる訳なかろう！　逃げられたらどうするッ！」

ドンッという音が響く。神祇官が机を叩いたのだ。ワインの瓶が倒れる。

「連中の任務は時間を稼ぐことです。逃げることなどありません」

「そんなこと分からないではないか！」

神祇官がヒステリックに叫び、震える手でワインの瓶を手に取った。ワインをグラスに注ごうとする。だが、ワインは出てこない。滴が垂れただけだ。苛立たしげにワインの瓶を振り上げ、投げ捨てる。

「では、兵は退けないということですね」

「くどいッ！」

神祇官が金切り声を上げ、イグニスは踵を返した。すると――。

「待て！　何処に行くッ！」

神祇官に呼び止められ、足を止める。

「部下の所に戻(もど)ります。私がいれば敵の指揮官も夜襲を躊躇(ためら)うでしょう」

「貴殿はここで待機だ！」

「何故でしょうか？」

イグニスはうんざりした気分で神祇官に向き直った。

「貴殿は私の手柄を奪うつもりだろう？」

「そんなことは――」

「嘘(うそ)を吐くなッ！」

神祇官が再び机を叩く。手柄を奪うつもりはない。まあ、帝国軍が大人しく自国に戻るのなら見逃(みのが)してやってもいいと考えていたが――。

「命令だ。貴殿は、ここで、待機せよ」

「承知しました。命令ならば仕方がありません」

神祇官が恫喝(どうかつ)するように言い、イグニスは溜息を吐いた。部下に指示を残してきて正解だった。ふとバンの姿が脳裏(のうり)を過(よぎ)る。早まった真似(まね)をしなければいいが――。

※

クロノは第一、第二防衛ラインの間に設けられた休憩スペースでぼんやりと焚き火を見つめていた。炎の中で薪がパチパチと音を立てる。顔を上げると、アリデッド、デネブ、タイガの三人もぼんやりと焚き火を見ていた。声を掛けない方がいいと考え、第一防衛ラインに視線を向ける。第一防衛ラインにはミノがいる。黙って前を見据えている。視線の先——二百メートルは離れた所で炎が揺らめいている。敵が野営をしているのだ。今の所、攻め込んでくる気配はない。第一、第二防衛ラインの間に視線を戻す。

「木の枝は纏めて第一防衛ラインの後ろに置くだ。土は第二防衛ラインの所に移動させるだぞ。木の杭の先端は尖らせるだぞ～」

ホルスが間延びした口調で指示を出している。そんな態度で大丈夫だろうかと心配になるが、指示をされた側はてきぱきと動いている。地面を掘り、木の枝を纏め、第二防衛ラインに土をかけ、木の杭を作っている。

最後に第二防衛ラインの手前を見る。リザド達が休憩している。焚き火を囲み、木の枝で何かを転がす。石を熱しているのだろう。休憩中だが、いつでも動けるように準備をしているのだ。三班ともきちんと仕事をしている。あとは四班が仕事をするだけだ。

「……そろそろ行こうか」

クロノが立ち上がると、アリデッド、デネブ、タイガが立ち上がる。クロノは部下に声を掛けながら第二防衛ラインに向かう。第二防衛ラインを越え、隘路を百メートルほど進むと斜面が迫り出していた。斜面を迂回する。斜面の陰にはエルフの弓兵と獣人の歩兵がいた。数は三百——弓兵が百で、歩兵が二百だ。立ち止まり、部下を見つめる。神妙な面持ちだ。緊張感があるのは悪いことではないが、少し硬すぎる気がした。

「皆、準備はいいかい？」

「ちょっと心の準備が……」

肩越しに背後を見ると、アリデッドがお腹を押さえていた。

「皆、準備はできてるみたいだね」

「はい、できてます」

クロノが部下に向き直って言うと、背後からアリデッドの声が聞こえた。部下達が失笑する。それで空気が和らいだ。上手い。流石、百人隊長だ。

「これから僕達は敵の側面から攻撃を仕掛ける。目的は三つある。一つは敵を少しでも減らすため、もう一つは敵を休ませないため、最後の一つは敵に舐められないためだ。今まで防戦一方だったけど、僕達が壁の陰に隠れてばかりじゃないって所を見せつけてやるんだ。要するにビビらせてやるってこと」

おおッ、と声が上がる。もう少し盛り上げたいが、大声を上げて敵を警戒させる訳にはいかない。斜面の陰に隠れているとはいえ敵は目と鼻の先にいるのだから。

「最後に、弓兵は最優先で倒すこと」

「四つ目的があるような気がするけど、気のせいみたいな?」

「気のせいだよ」

アリデッドから突っ込みが入ったが、クロノは流した。

部下達が笑う。皆、いい顔をしている。何とか全員で生き延びたい。

「僕、アリデッド、デネブが隘路の右側、タイガが隘路の左側を担当する。班分けは済んでるけど、自分がどっちの班か分からない人はいる?」

クスクスという笑い声が響くが、手を挙げる者はいない。

「よし、作戦開始」

「アリデッド隊はこっちだし」

「タイガ隊はこちらでござる」

クロノが宣言すると、アリデッドとタイガが左右に分かれる。アリデッドが右で、タイガが左だ。一隊当たり弓兵五十、歩兵百の構成だ。頼りなく感じるが、兵士を引き抜きすぎると本陣が手薄になる。それでは本末転倒だ。

「では、行くでござる」

タイガが斜面を登り、途中で振り返る。拳を突き上げる。

「クロノ様、ご武運を祈ってるでござる！」

「そっちもね！」

クロノが拳を突き上げると、タイガは部下を率いて斜面を登り始めた。かなり急傾斜なのだが、危なげなく登っていく。

「こっちも登るし！」

「皆は先に登って欲しいし！」

アリデッドとデネブの指示に従い、部下が斜面を登っていく。こちらも危うげなく登っていく。歩兵の半数はエラキス侯爵領から連れてきた兵士ではないのだが、素の身体能力が高いのだろう。

「さあ、登るし！　あたしが先行するし！」

「あたしがいざという時に支えるし」

アリデッドが斜面を登り、クロノはその後に付いていく。デネブはクロノの後ろだ。どうして、こんなことをするのか。その理由はすぐに明らかになった。

「怖！　滅茶苦茶傾斜が急で、風が強いんだけどッ！」

クロノは傾斜に張り付きながら叫んだ。下から見た時も傾斜が急だなと思ったが、実際に登ってみると想像よりも傾斜が急だ。さらに風も強い。

「ここから落ちたら……」

「下を見ちゃ駄目だし！」

「上だけ！　上だけを見るみたいなッ！」

下を見て、唾を呑み込む。すると、アリデッドとデネブが叫んだ。慌てて上を向いた直後、足が滑った。浮遊感が体を包む。だが、それはすぐに収まった。アリデッドがクロノの手を掴み、デネブが後ろから支えたからだ。

「ファイト～ッ！」

「叫んでる暇があったら引っ張って引っ張って！」

アリデッドが叫び、デネブが叫び返す。クロノは慌てて足場を確保する。アリデッドとデネブがホッと息を吐く。クロノは改めて斜面を登る。途中、何度もヒヤッとする場面があったが、無事に登りきれた。

「無事に登りきれたみたいな」

「あたしの努力を忘れないで欲しいし」

アリデッドが手の甲で額の汗を拭っている所にデネブが登ってくる。斜面を登るだけでかなり消耗させてしまった。原因の九割は自分なので申し訳ないと思う。

「アリデッド、デネブ、ありがとう」

「当然のことをしたまでだし」

「しれっと口にする姉が憎い！　憎いッ！」

アリデッドが胸を張り、デネブは四つん這いになったまま地面を叩いた。クロノは小さく溜息を吐き、視線を巡らせた。報告通り、斜面の上は森になっていた。原生林に比べると木の密度は薄い。これなら手を引いてもらわなくても歩けそうだ。

クロノは自分達の陣地を見つめ、それから隘路に視線を移した。篝火が延々と続いている。美しい光景だ。だが、篝火を囲んでいるのが敵だと考えると足が震える。

「「す、すごい数だし」」

アリデッドとデネブが震える声で言い、クロノは笑った。足の震えが収まる。

「なんで、この状況で笑えるのか分からないし」

「大変な時ほど頼りになるというのも考えものみたいな」

「大丈夫、去年ほど戦力差はないよ」

「「超ポジティブだし」」

アリデッドとデネブは両手で顔を覆った。

「さあ、行こう」

「了解」

　クロノが歩き出すと、アリデッドとデネブが後に続く。もちろん、他の部下もだ。斜面から少し離れた場所を歩く。しばらく進み、部下に止まるように指示を出す。

　中腰で斜面に近づき、そっと下を見る。クロノ達の陣地から三百メートルほど離れたそこでは敵兵が焚き火を囲んでいた。料理中らしく美味しそうな匂いが漂ってくる。

「……ここは止めよう」

「それは何故みたいな？」

　クロノが呟くと、左右から声がした。アリデッドとデネブの声だ。

「斜面が急すぎて下りられそうな気がしない」

「なかなかヘタレな発言だし」

「でも、クロノ様が下りられそうな所だと敵兵が登ってきそうだし」

　う～ん、とアリデッドとデネブが唸る。

「ここはあたしらに任せて欲しいみたいな」

「クロノ様にも下りられそうな所を探すし」

「お願いできる？」

「もちろんだし！」

「こんなこともあろうかと縄を持ってきてるみたいな！」

「不甲斐ない上司でごめんなさいね」

縄を持っているのなら、どうしてさっき使わなかったのだろう。そんな疑問が脳裏を過るが、『斜面を登れないとは思わなかったし』と言われたら嫌なので黙っておく。プライドは犬に食わせたが、見栄はまだ残っているのだ。

クロノ達は中腰で部下のいる所まで戻り、再び歩き出す。今度はアリデッドとデネブが先頭だ。闇を見通せるからだろう。歩くのが速い。付いて行くだけで精一杯だ。不意に二人が立ち止まり、中腰で斜面に向かう。もちろん、クロノもその後に続く。

「「ここはどう？」」

「ここなら何とかなりそう」

クロノは下を覗き込み、二人に答えた。比較的傾斜が緩やかだし、高さも控えめだ。

「よし、打ち合わせをしてから攻撃を仕掛けよう」

「「了解」」

クロノは二人を引き連れて斜面から離れた。ポーチから通信用マジックアイテムを取り出し、口元に近づける。

「こちら、クロノ。タイガ、聞こえる？」

『聞こえているでござる』

「今、何処？」

『クロノ様達の対面でござる』

対面の森を見るが、タイガ達の姿は見えない。目を凝らして見る。すると、茂みの陰に誰かが隠れているような気がした。あくまでそんな気がするだけだ。

「これから攻撃を仕掛ける」

『……承知したでござる』

タイガはやや間を置いて答えた。クロノが先陣を切ることを心配しているのだろう。だが、ここは戦場で、クロノは指揮官だ。さらにいえば戦況は芳しくない。こんな時こそ、指揮官が先陣を切って味方を鼓舞すべきだと思う。もちろん、危ないことをしたくないというのが本心だが——。

『同時に仕掛けるでござるか？』

「いや、時間差で。敵が僕達を狙って集まってきた所を背後から襲って欲しい」

『危険でござる』

「そうなんだけど、敵の注意を引かないと退くに退けなくなりそうだからね。あと、そっちが撤退する時はこっちが援護するから」

『分かったでござる』

タイガは渋々（しぶしぶ）という感じで頷（うなず）いた。

「あとのことはアリデッドに任せるから」

『では、以降はアリデッド殿（どの）に連絡（れんらく）をするでござる』

通信が終わる。通信用マジックアイテムは便利だが、何処で通信が終わったと判断すればいいのか少し迷う。SNSでリプライの止め時が分からず、延々とリプライをし続けたり、これで終わっていいのかと悩（なや）んだりする感じだ。

「アリデッド、任せたよ」

「責任重大みたいな」

「しっかりフォローするし」

通信用マジックアイテムをポーチにしまって声を掛ける。すると、アリデッドは神妙な面持ちで頷いた。責任の重大さを理解しているのだろう。デネブは拳を握りしめている。

「歩兵、前へ」

はッ、と獣人の歩兵が前に出る。最初に前に出たのは黒豹（くろひょう）の獣人だ。ゴルディ謹製（きんせい）の装備を身に着けている。それだけでも自分の部下だと分かるが――。

「エッジ、準備はいい？」

「――ッ！　お、いえ、私の名前を？」

黒豹の獣人――エッジは息を呑み、問い掛けてきた。クロノは苦笑する。

「エッジは目立つからね」

「自分では目立たない方だと思っているのですが」

エッジは困惑しているかのような口調で言った。黒豹の獣人なので暗闇では目立たないが、装備も含めて黒いので目立つのだ。

「改めて聞くけど、準備はいい？」

「はッ、準備万端整っております」

改めて問い掛けると、エッジは背筋を伸ばして言った。クロノが歩き出すと、エッジはやや遅れて付いてきた。その後に獣人の歩兵が続き、さらにアリデッドとデネブに率いられたエルフの弓兵が続く。クロノは斜面を見下ろした。下では敵兵が焚き火を囲んで寛いでいる。まだこちらに気付いていないようだ。

「僕に続けッ！」

クロノは剣を抜き放ち、斜面を駆け下りた。エッジ達も続く。雄叫びは上げない。敵兵に気付かれてからだ。無言で足を動かし、すぐに自分の失敗を悟った。スピードがぐんぐん上がっていくのだ。マズいと思った時には手遅れだった。足がもつれ、空中に投げ出される。浮遊感が体を包み、それが途切れると同時に衝撃が全身を貫いた。

「……生きてる」

仰向けになったまま呟く。剣も握り締めたままだ。体を起こすと、敵兵が下敷きになっていた。息をしていない。どうやら、彼がクッションになってくれたようだ。殺すつもりで襲撃しておいてなんだが、申し訳ない気分になる。

顔を上げると、敵兵がぎょっとした顔でクロノを見ていた。人数は四人だ。よほどびっくりしたのだろう。陸に打ち上げられた魚のように口を開けたり、閉じたりしている。

「て、敵しゅ——」

「きぇぇぇぇぇッ！」

クロノは奇声を上げて敵兵に斬りかかった。血が噴き出す。敵兵はきょとんとした顔で首筋に触れ、手を見下ろす。手は血で染まっていた。彼はしばらく手を見ていたが、いきなり白目を剥いて倒れた。敵兵が動き出す。だが、遅い。剣を突き出し、近くにいた敵兵の喉を貫く。血の泡を吹き、敵兵が倒れる。残る二人が立ち上がり、そこにエッジ達が到着する。生き残っていた二人を槍で突き殺し、周囲にいた敵兵を次々と討ち取っていく。

「肝を冷やしました」

「来てくれるって信じてたよ」

エッジが大きく溜息を吐き、クロノは軽口を返した。視線を巡らせる。近くにいた敵兵はあらかた討ち取ったようだ。敵襲という声が響き、敵兵が駆けてくる。秩序だった動きではない。だが、それはこちらも似たようなものだ。クロノを中心に円陣を組んでしまっている。これでは敵に囲まれてしまう。

「陣形を変更！　敵の流れを分断するように二列の横陣を築いてッ！」

「横陣だ！　二列の横陣を築けッ！」

クロノが叫ぶと、エッジが復唱した。すぐに部下が動き始める。だが、この分だと敵兵が到着する方が速い。判断を誤ったかと唇を噛み締めた瞬間、矢が降り注いだ。弓兵の援護だ。流石、アリデッドとデネブだ。短い悲鳴が上がり、敵兵が倒れる。攻撃を逃れた者もいたが、動きは確実に鈍った。その間に部下が二列の横陣を築く。

援護が止む。これをチャンスと考えたのだろう。敵兵が突進してくる。だが、すでにこちらは布陣を済ませている。それに敵兵は上手く連携できていない。お陰で正面の敵に集中できる。部下が槍を突き出すたびに敵兵が倒れる。隘路が死体で埋まるまでそう時間は掛からなかった。だが、それほどの損害を出しても敵兵はなおも攻撃を仕掛けてきた。まだ上手く連携できていないが、一撃で敵を倒せなくなっている。疲労のせいだ。いくら獣人が人間より優れた身体能力を誇るとはいえ戦い続ければ疲労する。

どうする？　とクロノは自問する。タイガの援護を待つべきか。通信用マジックアイテムを使おうとポーチに手を伸ばしたその時、爆音が轟いた。目を細めると、タイガが部下を率いて斜面を駆け下りる所だった。

「何だッ？」

「味方の増援だ！」

「馬鹿！　亜人の姿が見えねぇのかッ！」

敵兵が動きを止め、口々に叫ぶ。パニックにこそ陥っていないが、情報が錯綜して混乱している。撤退するなら今がチャンスだ。

「撤退ッ！」

「撤退だッ！　円陣に移行しながら撤退するぞ！」

クロノが叫ぶと、エッジが声を張り上げた。足りない部分を補足してくれる頼りになる兵士だ。多分、そのためにエッジを付けてくれたのだろう。

「どうぞ、お先に！」

「悪い！　先に行くッ！」

クロノは斜面を這い上がる。傾斜は急だが、アリデッドとデネブの見立て通り這い上がれないほどではない。すぐ真横を獣人が通り過ぎる。そのまま登ってしまうかと思いきやわずかに先を進むだけだ。気配を感じて肩越しに背後――下を見ると、獣人(じゅうじん)の歩兵がクロノを見上げていた。どうやら気を遣(つか)わせてしまったようだ。自身のふがいなさを痛感しながら斜面を這い上がる。

斜面から矢が放たれる。弓兵の援護だ。だが、あまり上手くいっていないようだ。矢を下に放たなければいけないせいだ。クロノは斜面を登るとすぐに下を見た。部下の九割方は斜面に張り付いているが、エッジ他四名の獣人は円陣を組んで攻撃(こうげき)を凌(しの)いでいる。このままではやられてしまう。援護！と叫びたかったが、弓兵は必死に援護をしている。視線を巡らせるが、使えそうなものはない。いや、使えそうなものなら沢山(たくさん)生えている。クロノは立ち上がり――。

「天枢神楽(てんすうかぐら)ッ！」

近くの木に魔術を放った。こめかみが痛むが、気にしてはいられない。拳を握り締めると木の幹が半分ほど抉(えぐ)れ、音を立てて倒れる。部下が何事かと倒れた木を見る。

「手伝ってッ！」

それで全(すべ)てを察したのだろう。クロノが動くよりも速く、部下は木を担(かつ)ぎ上げて斜面から落とした。木が斜面を削(けず)りながら落ちていく。

「避(よ)けろッ！」

クロノが身を乗り出して叫ぶと、エッジ達は斜面に身を寄せた。木が跳ね上がり、エッジ達を飛び越えて敵兵を薙ぎ倒す。その隙にエッジ達は斜面を這い上がろうとした。一人の獣人が転がり落ちる。敵兵が槍で彼の太股を貫いたのだ。エッジが下を見る。すると、負傷した獣人は行けというように手を振った。エッジが動きを止める。

だが、仲間の死を無駄にしてはいけないと考えたのだろう。すぐに斜面を登り始めた。負傷した獣人が剣を手に敵兵に襲い掛かる。見事な奮闘だったが、多勢に無勢な上、手傷を負っている。徐々に動きが鈍り、最期は槍で貫かれた。その時、エッジが斜面を登りきった。背後を見ずに足を踏み出す。

「クロノ様、行きましょう」

「……分かった」

エッジが低く押し殺したような声で言い、クロノは頷いた。頷くしかなかった。

※

天幕の中には酒と吐瀉物の臭いが充満していた。イグニスはできるだけ臭いを吸い込まないように浅く呼吸する。

「くそッ、折角のチャンスだというのに……」

神祇官がワインの瓶に手を伸ばしたその時、外から伝令という声が響いた。隘路で何かあったようだ。当然、いい予感はしない。程なく伝令が天幕に飛び込んできた。その拍子に冷たい風が吹き込んでくる。

「報告します！ 帝国軍の襲撃を受け、少なくとも百人の兵士が死亡しましたッ！」

「篝火はどうしたッ！」

「焚いておりましたが、敵は、その、野生の獣ではないので……」

神祇官がヒステリックに叫ぶと、伝令は口籠もりながら答えた。

「神祇官殿、指示を……」

「今、考えている所だッ！」

伝令が指示を請うが、神祇官はヒステリックに叫んだだけだった。再びワインの瓶に手を伸ばし、動きを止める。馬のいななきが聞こえたからだ。悪い予感がするのだろう。神祇官の目が忙しく動く。冷たい風と共に伝令が飛び込んできた。

「伝令！ 敵の襲撃を受けています！」

「それは聞いた！」

神祇官が叫ぶと、二人の伝令は顔を見合わせた。

「いえ、彼とは別件で……」

「二度も夜襲を受けるなどお前達は無能かッ！」

神祇官は喚き、腕を一閃させた。耳障りな音を立ててワインの瓶が横倒しになる。

「くそくそッ！　アルフォートを捕らえれば失点を帳消しにできるというのに……」

神祇官は両手で顔を覆い、ハッとしたように顔を上げた。

「何をボーッとしている！　襲撃を受けたのなら——」

「伝令ッ！」

「けきゃぁぁぁぁッ！」

三人目の伝令が天幕に飛び込み、神祇官は奇声を上げた。ワインの瓶を掴んで投げつけるが、幸いにも明後日の方向に飛んでいった。

「襲撃を受けたのなら追撃しろ！　ヤツらを血祭りにあげろッ！」

「あ、あの……」

三人目の伝令がおずおずと手を上げる。

「何だ！　まだ何かあるのかッ？　これ以上、私を試すのかッ？　ああ、神よ。聞いてやろうではないか！　何でも言えッ！」

「敵を追撃した部隊が全滅しました」

「うぉぉぉぉぉッ！」

神祇官は獣のように吠え、額を机に叩き付けた。大きな音が響く。さらに繰り返し、額を机に叩き付ける。顔を上げると、神祇官の顔は血で染まっていた。

「悪魔が！　悪魔が私を破滅させようとしているッ！　悪魔を討ち滅ぼさなければ私にも、王国にも未来はない！　悪魔を滅ぼさなければ……」

そう言って、神祇官は親指の爪を噛んだ。顔は血に染まり、目は血走っている。正気とは思えない姿だ。突然、神祇官は机を叩いた。三人の伝令が体を震わせる。

「決めたぞ！　明日、総攻撃を仕掛ける！　兵士達にそのように伝えよッ！」

「「「はッ！」」」

三人の伝令は短く返事をすると天幕を出て行った。

「……イグニス将軍、明日の総攻撃に備えよ」

「承知しました」

断る理由はない。イグニスは一礼して天幕を出た。三人の伝令は馬に乗り、隘路に向かっている。小さく息を吐く。冷たく、澄んだ空気が心地いい。

「そうだ。悪魔を殺すことが私の使命だったのだ。殺さねば悪魔を、殺すのだ」

背後から神祇官の声が聞こえてきたが、イグニスは無視して自分の天幕に向かった。

※

動きが速い、とクロノは顔を顰めた。敵兵が槍を構えて駆けてくる。何も考えずに走っている訳ではない。弓兵がいる斜面に沿うように走っている。そこを走られると矢の命中精度が格段に落ちる。矢による援護を意識した動きだ。

二度の奇襲を受けて学習したのだろうか。いや、違う。敵の練度が高いのだ。これほど練度が高いと分かっていれば最後尾付近の敵に攻撃を仕掛けようなんて思わなかった。だが、泣き言を口にしても仕方がない。それに練度ならばこちらも負けていない。

「落とせみたいなッ！」

「じゃんじゃん落とすしッ！」

アリデッドとデネブの声が隘路に響き渡り、敵兵に木や石が降り注ぐ。そこらにあるものを手当たり次第に投げているので大したダメージは与えられない。精々、打撲くらいなものだろう。それでも、スピードは鈍る。そこに――。

「撃つでござるッ！」

タイガの声が響き、反対側の斜面から矢が降り注ぐ。敵兵が倒れるが、全滅させるには至らない。部下と敵兵が激突する。最初の奇襲では難なく打ち倒すことができたが、部下の動きは精細を欠いている。疲労のためだ。ギャンッという悲鳴が上がる。敵兵の槍が部下を貫いたのだ。仲間を援護しようと一人の獣人が動く。当然の行動だが——。

「隊列を乱すなッ！」

「うぉぉぉぉッ！　突っ込めッ！」

エッジが叫ぶと同時に敵兵が雄叫びを上げて突っ込んできた。両側の斜面から矢が降り注ぐ。だが、敵兵のスピードは緩まない。これならば木や石を投げた方がよほど足止め効果があった。これ以上は無理か。クロノは声を張り上げた。

「突撃ッ！」

うぉぉぉぉぉぉッ！　と部下が雄叫びを上げて駆け出す。これには面喰らったのだろう。敵兵の動きが格段に鈍る。矢が降り注ぎ、敵兵が短い悲鳴を上げる。そこに部下が突っ込んだ。一撃を加え——。

「転進ッ！」

クロノが叫ぶと、部下は敵から距離を取った。すぐに円陣を組み始める。突撃の目的は撤退する時間を作り出すことだ。一、二回目の奇襲ではタイガ隊が背後から奇襲を仕掛けている間に撤退していたが、今回は位置を知られてしまっている。だが、その代わりに左右からの援護がある。そのせいだろう。敵兵の動きが鈍い。

今回は犠牲を出さずに撤退できるだろうかと考えたその時、敵兵が駆けてきた。円形の盾を持った兵士だ。矢が降り注ぐ。さながら矢の雨だ。だが、敵兵は盾を掲げてその中を突っ切った。尋常の胆力ではない。

「そいつを近づけるなッ!」

エッジが叫び、部下が足を踏み出す。ほぼ同時に敵兵は盾を投げた。盾が部下に激突する。大したダメージではない。すぐに槍を突き出す。だが、槍は虚空を貫いた。敵兵が一瞬速く跳躍したのだ。そして、円陣の中に着地する。エッジがクロノを庇うように前に出る。すると――。

「俺の名はバン! クロノ・クロフォード殿とお見受けするッ! 平民の身だが、貴様に殺された戦友のため、貴様という恐怖を乗り越えるため、一騎打ちを所望するッ!」

敵兵――バンは声を張り上げた。クロノはこめかみを押さえた。戦争をしているのに一騎打ちとは神聖アルゴ王国の人間は何を考えているのだろう。頭痛がしてくる。だが、両軍は動きを止めている。その光景を目の当たりにすると意外に計算高いのではないかという気がしてくる。まあ、そんな気がするだけだが――。

「返答や如何にッ!」

「断って下さい」

エッジがぼそっと呟き、クロノは視線を巡らせた。断りたいのはやまやまだが、断れば敵兵は一斉に襲い掛かってくるだろう。部下は疲れている。突撃で作り出した時間を浪費させられたのも痛い。

「分かった。一騎打ちに応じる。その代わり、部下を退かせたい」

「……承知した」

バンは少し間を置いて答えた。剣を抜き、高く掲げる。

「皆、聞こえるか！　これは名誉を懸けた戦いだ！　絶対に手出しをしないでくれッ！」

敵兵が歓声を上げる。クロノはエッジを含めた部下に目配せした。ぐッ、とエッジは呻いたが、部下を引き連れて斜面を登り始める。剣を抜くと――。

「一騎打ちに応じてくれて感謝する。厚かましいとは思うが、正々堂々と戦うと貴方の父の名に誓って欲しい」

「我が父クロードの名において正々堂々と戦うことを誓う」

バンは満足そうに笑い、剣を構えた。クロノも剣を構える。静寂が舞い降りる。風が吹き抜け、バンが地面を蹴った。次の瞬間、何かがバンの顔を直撃した。動物の死体だ。

クロノは踵を返し、斜面に向かって走った。駆け上がり、縄を掴む。斜面の半ばまで一気に引き上げられる。だが、そこで動きが止まる。下を見ると、バンが足首を掴んでいた。蹴りを入れるが、力が緩む気配はない。

「父の名に誓ったくせに逃げるのか！　自分だけではなく父親の名誉まで汚す気かッ！」

「だから、母さんの名前を使わなかったんだ！　それに父さんなら……」

養母エルア・フロンドは皇后の護衛騎士——由緒正しい旧貴族だ。若い頃は誇りや騎士道に拘っていたようなので養母の名誉を汚す訳にはいかない。

「僕の父さんなら笑う！」

「——ッ！」

バンの力が緩み、クロノは蹴りを入れた。バンが斜面を転がり落ちる。次の瞬間、真横に矢が突き刺さる。敵兵が矢を放ったのだろう。すかさず弓兵が応戦する。クロノは縄を手繰り寄せ、斜面を駆け上がった。

「クロノ様、怪我は？」

「大丈夫みたい」

クロノが体を捻りながら言うと、アリデッドとデネブは胸を撫で下ろした。

「それにしてもよく僕が嘘を吐いたって分かったね」

「そこは長い付き合いだし」

「あたしはちょっとびっくりしたみたいな」

「本当に戦うつもりかと肝を冷やしました」

アリデッドは照れ臭そうに、デネブとエッジは溜息を吐くように言った。

「ところで、これからどうするのみたいな？」

「そろそろ、矢が心許なくなってきたし」

「……そうだね」

アリデッドとデネブの言葉にクロノは視線を巡らせる。先程の戦いを思い出す。皆、疲れているのは明らかだ。先程はバンの乱入によって犠牲者を出さずに撤退できたが、次は無理だろう。矢の残りが少ないというのも懸念事項だ。しばらく考えた末――。

「撤退しよう」

「「了解だし！」」

「承知しました」

アリデッドとデネブが元気よく、エッジが静かに頷く。クロノはポーチから通信用マジックアイテムを取り出し、三人に視線を向ける。

「三人とも先行して」

「了解と言いたい所だけど、それはマズいし」

クロノの指示にアリデッドが異を唱える。う〜ん、と可愛らしく唸り——。

「あたしが護衛をするから二人は部下と一緒に戻ってて欲しいみたいな」

「了解」

「……了解」

エッジが素早く返事をし、デネブが少しだけ間を置いて答える。訝しげな目で見ているのはアリデッドの信頼度が低いせいだろうか。デネブとエッジが部下を率いて歩き出し、クロノは通信用マジックアイテムを口元に近づけた。

「こちら、クロノ」

『タイガでござる』

「一旦、陣地に戻ろう」

『承知したでござる』

クロノが通信用マジックアイテムを手に歩き出すと、アリデッドが付いてきた。

「……こっちは戦死者十人」

『こちらは五人でござるが、負傷者が二十人ほどいるでござる』

そう、とクロノは溜息交じりに応じた。戦死者十五名、負傷者二十名——三回の奇襲を行い、追撃してきた敵兵を撃退した。与えた損害は少なく見積もっても十倍以上だ。上出来と考えるべきだろう。だというのにもっと上手くやれたのではないかと考えてしまう。

「ミノさん、聞こえる？」

『へい、聞こえてやす』

思い付きで呼びかけたのだが、ミノはしっかり会話を聞いていたようだ。

「そっちはどう？」

『こっちは問題ありやせん。大将達が攻撃を仕掛けた後、少しざわついてやしたが』

「厄介だね」

『へい、その通りでさ』

クロノの言葉にミノが同意する。激発して攻撃を仕掛けてこなかったということは状況を見極める冷静さを保っているということだ。

「明日が正念場だね。何としてでも乗り切ろう」

『全力を尽くしやす』

『全力を尽くすでござる』

ミノとタイガが力強く答え、クロノは苦笑した。

「以上、通信終わり」

そう言って、クロノは通信用マジックアイテムをポーチにしまった。撤退を決め、緊張の糸が切れたせいだろうか。どっと疲労が押し寄せてきた。

「……クロノ様」

「大丈夫だよ」

「そっちは段差だし」

「ぎゃひぃぃぃぃぃッ！」

クロノは悲鳴を上げ、段差――と呼ぶにはかなり高低差がある――を滑り落ちた。強かに尻を打ち付ける。かなり痛い。すぐに立ち上がろうとし、段差に背中を預ける。疲労のせいだろう。もう少し休みたいと思ったのだ。

「クロノ様、大丈夫みたいな？」

アリデッドが段差を飛び降り、クロノに近づいてきた。

「立てるみたいな？」

「大丈夫だと思うけど、もう少し座っていたいかな」

「じゃ、あたしも一休みするし」

そう言って、アリデッドはクロノの隣に座った。肩が触れ合うほどの距離だ。

「クロノ様、無理してる？」

「してないよ」

クロノは嘘(うそ)を吐いた。無理をしていると自分でも分かる。だが、こんな状況だ。弱音を吐くべきではない。アリデッドは小さく息を吐き、しな垂れ掛(か)かってきた。

「あたしらも愛人になんだし、ちょっとくらい弱音を吐いてもOKみたいな」

「まだ候補段階ね」

「――――ッ！」

アリデッドはぎょっとした顔でこちらを見た。目を閉じて深呼吸を繰り返す。しばらくして目を開け、クロノに跨(また)がってきた。背を向けるのではなく、向き合うようにだ。

「何でしょう？」

「分かってるくせに。けど、そういう所も嫌(きら)いじゃないし」

アリデッドはクロノの首に手を回してきた。

「手っ取り早く愛人になろうかなと思ったり」

「僕の何処(どこ)がいいの？」

「何だか面倒臭(めんどうくさ)いことを聞いてきますねみたいな」

「面倒臭いかな？」

クロノは首を傾(かし)げた。結構、重要なことだと思う。だが、よくよく考えてみると、今まで勢いとか、我慢(がまん)ができずに関係を持ってしまったような気がする。

「デネブは優しい所って言うだろうけど、あたしは何となくみたいな。といっても基本的にあたしは尽くすタイプなので浮気の心配は無用みたいな」

「軽いんだか、重いんだか」

「クロノ様は軽めに受け止めておけばOKみたいな」

「そんなことを言って、財産分与で揉めるのは嫌だよ」

「先のことを考えすぎだし」

アリデッドは溜息を吐くように言い、クロノの唇に自身のそれを重ねた。すぐに唇を離すが、恥ずかしいのだろう。耳が少しだけ垂れている。

「もう一回いいみたいな？」

「ちょっと無理っぽい」

「それはどう――ぐぎゃッ！」

アリデッドは短い悲鳴を上げた。デネブに脳天をチョップされたのだ。

「遅いから心配で戻ってみれば案の定だし」

「あと五分待って欲しいし」

「五分？」

デネブが鸚鵡返しに呟く。

「五分あれば何とかしてみせるし」

「それはちょっと無理なんじゃないかな～」

僕だけならいけるか、と考えながらクロノは呟いた。

※

クロノ達は元来た道を辿って野戦陣地に戻った。土に覆われた第二防衛ラインを見て、目を見開く。第一防衛ラインの後ろには薪が積み上がり、二つの防衛ラインの間には塹壕と思しき穴がいくつもあった。さらに斜面には足場が作られている。恐らく、あそこから弓矢で狙撃するのだろう。

「数時間ぶりに戻ってみたらびっくり仰天だし」

「あたしはお姉ちゃんにびっくりしたし」

アリデッドが驚いたように目を見開き、デネブが深い溜息を吐いた。やはり、五分待ってもらえばよかっただろうか。そんなことを考えながら第二防衛ラインを越えると、ミノが駆け寄ってきた。

「大将、お疲れ様で」

「ミノさんこそ、お疲れ様。かなり強化された感じだね」

「へい、どれほど役に立つか分かりやせんが、神威術対策に穴を掘っておきやした。もちろん、石の補充も済んでやすぜ。あとは……大将に倣って落とし穴を作りやした」

そう言って、ミノは第一、第二防衛ラインの間を見た。そこには木の棒が四本立っている。かなり広い面積で、部下はそこを避けるように横になっている。

「落ちたら洒落にならないんで木の棒で囲まれた中にゃ入らないで下せぇ」

「分かった。気を付けるよ」

殺傷力が高そうだな～と思いながらクロノは頷いた。

「大将達は仮眠を取って下せぇ」

「ミノさんは？」

「あっしもタイミングを見て休みやす」

「じゃあ、僕は先に休むね」

「天幕を用意できず申し訳ありやせんが、寝床は準備しやした」

「そんなに気を遣わなくていいのに。でも、ありがとう」

「なに、副官として当然のことをしたまででさ」

クロノが礼を言うと、ミノは照れ臭そうに頭を掻いた。

「寝床はあそこでさ」

「お休み、ミノさん」

　クロノはミノが指差した場所に向かう。そこには布が敷かれていた。布の上に座り、マントを外す。すると、アリデッドとデネブが両隣に座った。

「なんで、隣に？」

「愛人候補として添い寝は欠かせないし」

「抜け駆けされないように監視が必要だし」

　クロノの問い掛けにアリデッドは鼻息も荒く、デネブはムッとしたように答えた。もう少し仲よくして欲しいなと思いながら横たわる。やや遅れて二人も横になった。

「これが伝説の添い寝！」

「ちょっと気恥ずかしい感じだし」

「伝説でも何でもないよ」

　一応、突っ込みを入れる。親子で川の字になっているような気分だ。

「伝説の腕枕をプリーズ」

「あたしもお願いしたいし」

「それはちょっと」

「何故？」

　クロノは口籠もると、アリデッドとデネブは口を揃えて言った。

「二人に腕枕をしたら身動き取れなくなるから」

「むむ、腕枕は二人きりの時にという意味みたいな？」

「姉が本音を隠さなくなってきたし」

　クロノ越しに二人は睨み合った。どっちと言い出しかねない雰囲気だ。クロノはさっさと目を閉じた。疲れていたのだろう。程なく睡魔がやって来た。

※

　クロノは寝苦しさを覚えて目を覚ました。胸元を見ると、アリデッドとデネブがしがみついていた。道理で息苦しかったはずだ。ふと尿意を覚えて体を起こす。欠伸をして視線を巡らせる。夜が白々と明けている。斜面のせいで周囲は薄暗いが、あと数時間もすれば隘路にも光が届くだろう。また戦いが始まる。

　アリデッドとデネブを起こさないように第二防衛ラインに向かう。リザド達が焚き火を囲んでいる。温石の準備をしているのだろう。何故か、ホルスもいた。何かあったのだろうか。ともあれ、今は尿意を解消するのが先だ。第二防衛ラインを越え、斜面の陰で用を足す。用を足して野戦陣地に戻ると、ホルスとリザドは焚き火に当たっていた。

「二人とも早いね」

クロノが声を掛けると、リザド達――リザードマンがぺこりと頭を下げた。ホルスの返事はない。何事かと視線を傾けると、ホルスは膝を抱えて震えていた。

「寒いの？」

「ち、違うだ。お、おら、怖いだ」

「怖いって、立派に戦ってたじゃない」

「あ、あれは素人だったから戦えただ。今度の相手はそうじゃねぇだ。古参兵だ。そんなヤツらと戦うなんてできねぇだ。今度こそ死んじまうだ」

ぶも～、とホルスは頭を抱えた。

「……奮起」

「止めてけろ！」

リザドが励ますように肩に触れるが、ホルスは手を振り払った。

「リザドにゃ、おらの気持ちは分からねぇだ。おらは弱ぇ男だ。リザドみたいに勇敢に戦うなんてできねぇだ。どうして、こんなことになっちまったんだ」

　ホルスはぽろぽろと涙をこぼした。

「なら、どうして逃げないの？」

「――ッ！」

　ホルスはハッとしたように顔を上げた。期待にだろうか。目が輝いている。だが、すぐに輝きは失われる。ホルスは力なく頭を振った。

「逃げるなんてできねぇだ。逃げても戻る場所なんてねぇだ」

「戻る場所がない？」

「おらん家は貧乏だ。鈍くさくて使えねぇってんで、家を追い出されただ。戻る場所なんてねぇだ。怖ぇ、怖くて堪らねぇだ。逃げてぇけど、逃げてぇけど、友達を置いて逃げるのも、軽蔑されるのも嫌だ。なんで、おらにはここしか生きる場所がねぇんだ」

　ホルスは声を押し殺して泣いた。リザドが再びホルスの肩に触れる。今度は振り払われなかった。リザドがクロノを見る。ここは任せて欲しいと言われたような気がした。

　クロノは第一防衛ライン――ミノの下に向かう。ミノは第一防衛ラインから敵を睨んでいた。クロノに気付いたのだろう。肩越しに視線を向ける。

「大将、どうかしたんで？」

「目が覚めたから皆の様子を確かめておこうと思って」

クロノはミノの隣に立ち、目を細めた。敵に動きはないようだ。

「そういや、ホルスとどんな話をしてたんで？」

「なんだ、聞いてたの」

「会話までは聞き取れやせんが」

「ちょっとナーバスになってたみたいだからリザドに任せてきた」

「お手数をお掛けしやした」

「礼を言われることじゃないよ。大したことはできなかったし」

やっぱり、僕は貴族の肩書きで指揮官をやっているんだな、とクロノは苦笑した。

「ところで、どうして大将は今回も残ったんで？」

「……僕は上官だからね」

クロノは少し間を置いて答えた。

「本当のことを言ってもらえやせんか？」

「信じられない？」

「信じたいとは思いやすぜ」

クロノが問い返すと、ミノは溜息を吐くように言った。

「大将はよくできた人でさ。領民だけじゃなく、あっしらまで大切にして。改心すりゃ盗賊まで部下に迎える。それだけじゃなく、奴隷や娼婦まで守ろうとする。今まで色々な人間を見てきやしたが、大将は聖人と言ってもいいくらいでさ」

「僕の生まれた世界じゃ当たり前なんだけど」

「馬鹿言っちゃいけやせん。異世界から来たなんて与太話が本当で、大将の価値観がその世界で当たり前だったとしても、普通はそんなことできやせんぜ」

ミノは言い含めるように言った。

「余裕がねぇ状況では当たり前のことができなくなる。それが普通なんでさ。それなのに大将は自分の命が懸かっている状況で当たり前を実行している。こいつは普通じゃありやせん。さっきも言った通り、聖人でさ。けど、だからこそ、分からなくなるんでさ」

「分からなくなる？」

「聖人にしちゃ大将は人を殺しすぎでさ」

クロノが鸚鵡返しに呟くと、ミノは低い声で言った。ショックは、受けなかった。

「義務感みたいなものはあると思うよ」

「嘘を言っちゃいけませんぜ。初陣の頃はともかく、今の大将は土地持ちの貴族ですぜ。三人も愛人がいて、その気になりゃ幸せをいくらでも掴める人間でさ。そんな人間が義務感で死地に踏み止まるなんて、学のないあっしにだって嘘だと分かりやす」

クロノは苦笑した。納得してくれないことにではない。見透かされていると思っていたことを隠し通せていたことにだ。潮時かな、と思う。

「……去年の、僕の初陣を覚えてる？」

「へい、右目を失っちまいやしたが、見事な指揮官ぶりだと思いやした」

クロノは右目を撫でた。潮時だと思ったばかりなのにいざとなると怖じ気づく。

本当のことを言うには勇気が必要だと痛感する。

「レイラ達が戻ってきた時、僕はこう思ったんだ。エルフがグズだったから百人以上も部下を死なせる羽目になったんだ。僕は悪くないって。あの時の僕は恥知らずで、卑怯で、最低のクズだった。だからだよ。誰かに後ろ指を指されるのはいい。卑怯者と呼ばれるのも構わない。けれど、自分から最低のクズになるのは死んでも嫌だ」

クロノは俯き、拳を握り締めた。

「大将、大将は恥じることを何一つしちゃいません。それはあっしが、いえ、あっしらがよく分かってやす」

「……ミノさん、ありがとう」

クロノは小さく笑った。少ししんみりしてしまう。

「大将！　前を見て下せぇッ！」

不意にミノが叫び、クロノは前――敵を見つめた。敵兵が動いていた。いよいよ、攻めてくるのかと思ったが、違う。敵兵は退いているのだ。もちろん、見逃してくれるつもりはないだろう。ならば――。

「やっぱり、今日が正念場だね」

「そうなりやすね」

クロノが呟くと、ミノは神妙な面持ちで頷いた。

※

朝――ザッ、ザッという足音を背に受け、イグニスは馬で隘路を進む。隣を見ると、そこには馬に乗った神祇官がいた。悪魔を殺すのだ、と親指の爪を噛みながら呟いている。正気には見えないが、狂気に陥っているかといえば判断に迷う所だ。

というのも夜明けと共に神祇官は隘路の入り口まで退かせたのだ。そこで、部隊の再編成を行い、イグニスの意見を聞きながら作戦を立てた。意見を求められた時はいよいよなりふり構っていられなくなったかと思ったものだ。だが、隊列を組むに当たって神祇官は自分の兵を前方に、イグニスの兵を後方に配置していた。それ考えるとまだまだ余裕があるように感じる。だからこそ、判断に迷うのだが。

　ともあれ、戦力を確認することはできた。イグニスと神祇官の部下を合わせた兵数は五千九百——その内訳は騎兵が九百、弓兵が五百、歩兵が四千五百だ。隘路という地形的要因に加え、帝国軍がバリケードを築いているため馬は役に立たない。騎兵は下馬して戦うことになる。実質的な兵力は弓兵五百、歩兵五千四百だ。

　帝国軍の兵力は千五百。兵力差は四倍近い。平原で真正面からぶつかれば間違いなく勝てる。だが、戦場は兵力を活かしきれない隘路で、さらに敵の指揮官はクロノだ。また何かやってくるのではないかという不安がある。

　兵を退きたい。それが偽らざる本音だった。多数の戦死者を出したとはいえ帝国軍を撃退することに成功したのだ。これ以上は貴重な人材を消耗するばかりで何の益もない。

　イグニスは馬を止めた。帝国軍の野戦陣地——バリケードまで二百メートルほどの距離だ。視線を巡らせる。クロノはバリケードの低くなっている所からこちらを見ていた。腕を組む姿はふてぶてしさすら感じさせる。斜面を見上げる。斜面の上部に弓兵用の足場が組まれている。斜面の上部にも弓兵がいることだろう。だが、攻撃はない。

　恐らく、矢を節約しなければならない状況にあるのだろう。バンから聞いた話によれば帝国軍は弓兵の援護を多用したらしい。補給の当てがあるのならまだしも連中は敵地で孤立していたのだ。そんな状況で何度も攻撃を仕掛ければ矢がなくなって当然だ。

「弓兵！　前えぇぇッ！」

神祇官が声を張り上げ、弓兵が一斉に飛び出した。五十メートルほど前に出て、隊列を組む。道幅が狭く、横に並べば二十人と並べない。そのため斜面も利用する。蹄鉄を左右に広げればこんな形になるだろう。

「構えぇぇぇッ！」

神祇官の命令に従い、弓兵が矢を番える。神祇官が次の命令を下すために大きく息を吸ったその時だ。丸太が斜面を転がり落ちてきた。もちろん、一本や二本ではない。無数の丸太だ。丸太が弓兵を薙ぎ倒す。そこへ——。

「突撃ぃッ！」

クロノが剣を抜き放ち、バリケードを飛び出した。ほぅ、と思わず声を上げる。卑怯者ではあるが、臆病者ではない。先陣を切って駆け出す姿は立派な指揮官だ。クロノの後に獣人達が続く。大型の亜人——ミノタウロスとリザードマンの姿はない。一気に距離を詰め、弓兵を無力化するつもりだろう。

「神祇官殿、命令を」

「あ、あぅ、あ——殺せ！　その悪魔を殺せッ！」

神祇官が叫び、イグニスは深い溜息を吐いた。そんな命令で動ける兵士などいない。弓兵が立ち上がり、弓を構えた。だが、それは弓兵全隊から見れば少数だ。丸太に薙ぎ倒されてそのまま死んだ者もいるし、重傷で立ち上がれない者もいる。

「殺せ！　殺せぇぇぇッ！」

神祇官が喚く。それを命令と考えたのか。それとも自分の判断か。弓兵が矢を放つ。矢が突き刺さるが、獣人はスピードを緩めない。死を覚悟しているのか。いや、違う。装備が致命傷になるのを防いだのだ。いつの間にか虎の獣人が先頭を走っていた。

クロノは——獣人の流れに呑み込まれている。臆病風に吹かれたのではなく、単純に足が付いていかなかったのだろう。

「炎でござる！」

虎の獣人が弓兵の中に飛び込み、大剣を一閃させた。やや遅れて爆発が巻き起こる。弓兵が吹き飛ばされ、そこに獣人が雪崩れ込む。弓兵は剣を抜いて果敢に応戦したが、瞬く間に数を減らしていく。無理もない。弓兵の白兵戦闘能力は歩兵に比べて低い。さらに身体能力と装備の差もある。正面からの攻撃は防がれ、不意打ちしても強固な装備に阻まれる。弓兵の攻撃は通用しないのに敵の攻撃は革鎧を貫き、斬り裂くのだ。悪夢のような光景だが、弓兵は五十人ほどの獣人を道連れにしていた。

「神祇官殿、指示を」

「歩兵、前ぇぇぇ！　弓兵を助けよッ！」

　イグニスが再び声を掛けると、神祇官は上擦った声で叫んだ。歩兵が動き――。

「撤退ッ！」

　すかさずクロノが叫ぶ。獣人達は踵を返し、整然と撤退を開始する。

「チャンスだ！　追え！　追えぇぇぇぇッ！」

「お待ち――」

　うぉぉぉぉぉぉッ！　と歩兵が雄叫びを上げて突進した。イグニスの声は雄叫びに呑み込まれた。だが、威勢のいい雄叫びはすぐに短い悲鳴に変わった。斜面から矢が降り注いだのだ。斜面に弓兵用の足場が設けられているというのに、どうして無防備に突進させるような真似をするのか。歩兵がばたばたと倒れ、濃密な血の臭いが充満する。ぐッ、と神祇官は呻き、視線をさまよわせた。

「イグニス将軍！　何とかしろッ！」

「……承知しました」

　頼るのならばもっと早く頼ればいいものを、とイグニスは馬から下り、野戦陣地に向かって足を踏み出した。次の瞬間、足下に矢が突き刺さった。警告か。この程度で臆すると思われるとは舐められたものだ。

「真紅にして破壊を司る戦神よ」

イグニスは祈りを捧げ、足を踏み出した。矢の雨が降り注ぐ。だが、矢はイグニスに触れることなく空中で蒸発する。

「……神よ」

左手を胸の高さに上げ、祈りを捧げる。赤い光が集い、球形をなす。赤い光を斜面に向けて放つ。一拍の間を置き、爆発が起きた。足場が、斜面が崩れ、敵の弓兵が転がり落ちてくる。歩兵が駆け寄り、槍を突き出す。次の瞬間、歩兵が炎に包まれた。反撃を喰らったのだ。敵の弓兵——エルフは魔術を身に付けている。魔術の厄介な所は口を動かすことができれば使えるということだ。エルフは戦場で最も警戒すべき敵なのだ。

「神よ！」

歩兵に弓兵の始末を任せ、イグニスは反対側の斜面に光を放った。先程と同じように爆発が起き、足場と斜面に崩れ落ちる。ぐらりと視界が揺れる。神威術を使いすぎた副作用だ。普段の自分であればこれくらいで副作用は起きない。思っていた以上に消耗しているということか。歯を食い縛り、前方を見据える。そこにはクロノがいる。獣人に守られながら野戦陣地に戻ろうとしている。

「神よ！」

イグニスはクロノの背に向けて光を放った。

※

気が付くと、クロノは地面に倒れていた。直前の記憶がない。全身が痛い。音がくぐもって聞こえる。どうして、こんなことになったのか思い出せない。ふと赤い光を見たことを思い出す。そうだ。赤い光を見た直後に吹き飛ばされたのだ。イグニスが神威術を使ったに違いない。マズい。ここはイグニスの射程内だ。

逃げなければ、とクロノは体を起こした。そして、周囲に部下の死体が散らばっていることに気付いた。まともな死体は一つもない。喉をきゅっと締め付けられる。眼球の奥が痺れる。自分の命が危険に曝されている状況だというのに泣き出してしまいそうだ。

「……神よ」

弱々しい声が響く。走れという声がした。その声に従って足を踏み出した次の瞬間、背後で真紅の光が炸裂した。爆風で吹き飛ばされる。立ち上がろうとしたその時、体が浮いた。タイガとエッジがクロノの腕を掴んで駆け出したのだ。二人は第一防衛ラインの内側に飛び込み、倒れ込んだ。クロノは塹壕に転がり落ちる。

「くそッ、あんなの反則だろ」

　クロノは吐き捨てた。一瞬で斜面の足場を破壊され、大勢の弓兵が死んだ。野戦陣地の機能が大幅に低下したことは間違いない。手を見下ろす。小刻みに震えている。怖いと改めて思う。反則だと思っても敵は容赦なく神威術を使ってくる。

　できれば戦いが終わるまで塹壕に籠もっていたいが、クロノは指揮官だ。そんなことはできない。今あるもので対抗するしかないのだ。両手で頬を叩き、塹壕から這い出る。第一防衛ラインではホルスとリザドに率いられた兵士が石を投げていた。第一防衛ラインの後ろに立つミノに歩み寄る。

「大将、もう少し休んでて構いやせんぜ」

「十分に休んだよ」

　クロノはミノに答え、手の甲で鼻の下を擦った。喉がごろごろするので唾を吐く。すると、真っ黒な唾が地面に広がった。神威術で舞い上がった土埃を吸い込んでしまったようだ。二、三度咳払いすると違和感が和らいだ。

「イグニス将軍は？」

「大将に神威術を使った後、いきなり膝を突いて後方に運ばれていきやした」

クロノはホッと息を吐いた。再び前線に出てくる可能性はあるが、今すぐに野戦陣地を吹き飛ばされることはない。

「イグニス将軍がいなくても安心はできやせんぜ」

「というと？」

「あれを見て下せぇ」

クロノは敵を見つめた。敵兵が近づいてくる。これは昨日と同じだ。昨日と違うのは木の枝を束ねたもの――枝束を構えていることだ。石が枝束に直撃し、敵兵が尻餅をつく。尻餅をついただけだ。すぐに立ち上がって歩き出す。

「弓兵の援護は？」

「矢がなくなりつつありやす。再分配させてやすが……」

ミノに耳打ちされ、クロノは顔を顰めた。想像以上に矢の消費が激しい。

「どうしやす？　戦力を集中させやすか？」

「いや、援護ができなくても高所を失うのは痛い」

不意に不安が湧き上がる。去年の戦いで神聖アルゴ王国軍は柵を迂回しようとした。今回も本陣を迂回して側面から攻撃を仕掛けてくるのではないかと。

「ミノさん、歩兵を半分上に行かせよう」

「本陣が手薄になりやすぜ？」

「それはそうだけど、側面から攻撃される可能性を減らしたいんだよ」

「分かりやした」

ミノは頷き、タイガとエッジに視線を向けた。

「タイガ、エッジ、部下を率いて上に行け」

「了解でござる」

「了解しました」

タイガとエッジは敬礼すると踵を返した。部下に呼びかけ、斜面を登り始める。

その時、ホルスが悲鳴じみた声を上げた。

「投石が通じねぇだ！　敵がすぐ近くに迫ってるだよッ！」

クロノは正面を見る。ホルスの言う通り、敵兵は間近に迫っていた。距離は第一防衛ラインまで十メートルといった所か。もう投石は通じない。ミノが叫ぶ。

「投石は中止だ！　武器を持てッ！」

「分かっただ」

「……承知」

ホルス達は石をその場に投げ捨て武器を手に取った。意図が伝わったのだろう。敵兵は枝束を投げ捨てると剣を抜いた。そのまま突っ込んでくる。

「こっちに来るでねぇだ！」

ホルスが槍を突き出す。槍が敵兵の胸を貫く。革鎧を物ともしない。流石、ゴルディの作った武器だ。敵兵が頽れる。だが、背後にいた敵兵がその穴を埋める。ホルスが再び槍を突き出す。リーチの差は絶大だ。敵兵は喉を貫かれて頽れる。ホッと息を吐く――訳にはいかなかった。すぐ後ろに敵兵が控えていたのだ。

クロノは視線を巡らせた。何処でも同じような光景が繰り広げられている。第一防衛ラインの向こうは敵兵で埋め尽くされている。どれだけ殺せば休めるのか考えただけで気分が悪くなる。敵後方を見ると、神祇官が馬上で喚いていた。数に任せた雑な作戦で窮地に陥っている。怒りが込み上げる。

「大将、落ち着いて下せぇ」

「そうだね」

ミノが窘めるように言い、クロノは深く息を吸った。天を仰ぎ、息を吐き出す。モーッという悲鳴が響く。ミノタウロスの悲鳴だ。悲鳴のした方を見ると、ミノタウロスが頽れる所だった。首を槍で貫かれている。ぐッ、とクロノは呻いた。リーチの差は絶大なんて考えた自分を殺してやりたい。こちらが武器を持ち替えたように敵兵だって武器を持ち替えられるのだ。こんな単純なことを見逃してどうするというのか。

「倒れたヤツの穴を埋めろ！　絶対に突破されるなッ！」

ミノが声を張り上げる。背後にいたリザードマンが前に出て、槍を突き出す。その間に負傷したミノタウロスは後方に運ばれる。首を手で押さえているが、助からないだろう。

『クロノ様！　敵兵が接近中みたいなッ！』

『こちらにも敵兵が近づいている』

通信用マジックアイテムからアリデッドとナスルの声が響く。クロノはポーチから通信用マジックアイテムを取り出して問い掛けた。

「タイガとエッジは？」

『すでに到着しているでござる』

『同じく』

二人の声が通信用マジックアイテムから響き、クロノは胸を撫で下ろした。

「タイガとエッジは敵兵の排除を最優先、アリデッド、デネブ、ナスルはできるだけ矢を温存して戦って欲しい。難しいと思うけど、頼むよ」

『『了解！』』

代表してだろうか。アリデッドとデネブの声が響く。クロノは神祇官を睨んだ。

「敵指揮官を倒さないと……」

じり貧だ、とクロノは口の中で呟いた。

※

夕方――短い悲鳴が断続的に上がる。第一防衛ラインを守っていたミノタウロス達が敵兵の攻撃を受けて負傷したのだ。

「前に出るだ！　その間に後方に下がるだッ！」

ホルスが槍を繰り出して叫ぶ。倒れたミノタウロスの穴をリザードマンが埋める。その間に負傷したミノタウロスは自力で第一防衛ラインを離れるか、仲間によって後方に引き摺られていく。第一防衛ラインの後方は死傷者で溢れていた。応急処置の講習を受けたお陰でまだマシな処置を受けることができているが、重傷者には手の施しようがない。ほんの少しだけ死を先延ばしにすることしかできない。

『敵の撃退に成功したでござるが、今度は四人やられたでござる』

『こちらは三人です』

「増援は送れねぇ。何とか凌いでくれ」

通信用マジックアイテムからタイガとエッジの沈痛な声が響き、ミノが呻くような声音で応じる。両翼に対する攻撃はもはや何度目か分からない。凌いでいるが、そのたびに犠牲者が出る。いや、ぎりぎり破綻を回避しているだけだ。だから、犠牲者が出る。

死者は本陣と両翼を合わせて三百人を超え、負傷者は数え切れない。もちろん、クロノ達も黙ってやられていた訳ではない。少なくとも三倍以上の敵兵を屠っている。

『矢が！　矢が尽きそうだしッ！』

『こっちもだし！』

アリデッドとデネブの悲鳴が上がる。クロノは唇を噛み締める。だが、二人を責めることはできない。敵を押し返すためにどうしても矢を使わなければならなかったのだ。

「再分配しろ！　再分配ッ！」

『再分配しても一人五本くらいにしかならないぞ』

ミノが通信用マジックアイテムに叫び、ナスルが淡々と返してくる。

「ないよりマシだ！」

『了解した』

ミノが叫び、やはりナスルが淡々と応じる。ややムッとしたように聞こえるのは余裕がないからだろう。もちろん、それは全員に言えることだ。

「くそッ、いつもこれだ」

クロノは吐き捨て、敵──その後方を睨んだ。そこには神祇官がいる。殺せだの、進めだの、馬上で喚いている。今は二日目の夕方だ。アルフォートを捕らえるのは絶望的だというのに攻撃の手を緩めない。神祇官の中で手段と目的が入れ替わったか、目的がクロノを殺すことに変わったのだろう。不意に敵兵がどよめいた。嫌な予感がした。後方の敵が左右に分かれ、イグニスが馬に乗って歩み出てきた。どっと汗が噴き出す。神威術を使われたらと考え、頭を振る。あれからそれほど時間は経っていない。それに、今の状況では確実に味方を巻き込む。神威術は使えないはずだ。

イグニスが神祇官の前に出る。すると、神祇官はムッとしたような表情を浮かべ、イグニスの前に出た。実際に起きたことはその程度だ。だというのに敵の圧力が増した。雄叫びを上げ、味方の屍を乗り越えて押し寄せてくる。

とうとう、第一防衛ラインが破られる。リザードマンが倒れ、そこに敵兵が雪崩れ込んできた。すぐさまミノタウロスとリザードマンが対応する。敵兵を囲むように並び、槍を突き出す。槍が敵兵を貫く。だが、敵兵は悲鳴を上げない。倒れもしない。雄叫びを上げて襲い掛かってきた。駄目だ。このままでは押し切られる。それを察したのだろう。ミノがクロノに視線を向けてきた。すぐにその意味を悟る。

「撤退する！ 第二防衛ラインまで後退ッ！ 第一防衛ラインから距離を取れッ！」

クロノが声を張り上げると、部下はざわめいた。だが、命令に従う。このままでは押し切られると肌で感じていたからこその反応だ。

前線を支えていた部下が後退し、敵兵の重量で第一防衛ラインが傾ぐ。

「リザドッ！」

「……雷」

クロノが名前を呼ぶと、リザドがぼそっと呟いた。大槌から雷が放たれる。雷が第一防衛ラインを舐めるように突き進み、その陰にあった薪が燃え上がった。

程なくして第一防衛ラインは炎に包まれた。敵兵はイグニスの登場で興奮状態だったが、流石に炎に突っ込むような真似はしない。敵の分断に成功する。槍を突き出して第一防衛ラインの内側に侵入した敵兵を血祭りに上げる。

「第二防衛ラインまで退け！ 負傷者には手を貸せッ！ 死体は……放置しろッ！」

「分かっただ！ 逃げるだッ！」

「……承知。撤退」

ミノが声を張り上げ、ホルスとリザドが部下に指示を出す。軽傷者は自力で、重傷者は仲間の手を借りて移動を開始する。クロノは炎に包まれた第一防衛ラインを見つめた。これならある程度時間を稼げるはずだ。ポーチから通信用マジックアイテムを取り出す。

「そっちの調子はどう？」

『さっきまで激しく攻め立てられてたけど、攻撃が止んだみたいな』

『でも、こっちを睨んでるし』

『こちらも同じだ』

クロノの問い掛けにアリデッド、デネブ、ナスルが答える。恐らく、敵は第一防衛ラインが燃え尽きるのに合わせて攻撃を仕掛けるつもりだろう。

「少しだけ休んで」

『『了解だし』』

『了解した』

三人が答え、クロノはポーチに通信用マジックアイテムをしまった。

「大将、退きやすぜ」

「うん、分かった」

ミノに促され、クロノは歩き出した。第二防衛ラインは目と鼻の先だ。土で覆われた第二防衛ラインを乗り越え、視線を巡らせる。待避は済んだようだ。

「交替で休憩を取らせやす」

「うん、お願い。でも、その前に……」

クロノは隘路の片隅にある木箱に視線を向けた。

「金貨を皆に分けてやってくれないかな」

「いいんですかい？」

「多分、これで最後だからね。ここまで付いてきてくれた皆に報いたいんだよ」

「……分かりやした」

ミノは俯き、肩を震わせた。

「けど、あっしはいりやせんぜ。最期まで大将と一緒でさ」

「重いな～」

「あっしは世話係ですぜ。地獄までお供しやす」

そこは天国って言おうよ、とクロノは笑った。ミノも笑っている。

「でも、僕は最期まで諦めるつもりはないよ」

「あっしもでさ」

「だね。貴族らしくないって言われるかも知れないけど、最期まで足掻くよ」

クロノは拳を握り締め、敵を睨んだ。まだまだやりたいことがある。生きて帰ると約束した。そのためにも死ねない。

※

「行け！　突撃せよッ！　隻眼の悪魔はすぐそこだぞッ！」

神祇官が馬上で喚き立てる。だが、兵士は従わない。当然だ。バリケードが燃えているのだ。炎の壁に突っ込めと言われても突っ込めるものではない。

「イグニス将軍、神威術だ！　神威術で吹き飛ばせッ！」

「神祇官殿を守れなくなりますが、よろしいですか？」

「そ、それは困る」

イグニスが溜息交じりに尋ねると、神祇官は上擦った声で答えた。目を細め、隘路を見つめる。帝国軍が撤退を開始してから一日半が過ぎた。クロノ達を撃破できたとしてもアルフォートを捕らえるのは難しい。神祇官は破滅するしかない。

にもかかわらず保身を優先している。恐らく、この男は本心では自分が破滅すると思っていないのだろう。きっと、破滅するその時までこのままに違いない。それでも――。

「神祇官殿、兵を退いては如何ですか？」

「何を言っているのだ！」

神祇官は声を荒らげた。やはり、無駄だったか。疲労感が押し寄せる。だが、無駄と分かっていても仮にも将軍職にある身だ。努力はするべきだろう。

「目の前の敵を撃破してもアルフォートを捕らえることは不可能です」

「やってみなければ分からないではないか！　それに、あの悪魔を殺さなければ！　あの悪魔は王国に必ず災いをもたらす！　私には分かるのだ！」

神祇官は捲し立てるように言った。クロノを殺すことだけを考えていると思ったが、まだアルフォートを捕らえようと考えていたようだ。

「兵を退いては頂けないと？」

「そ、そうだ！　私は国王陛下より指揮官に命じられたッ！　まだ指揮官の任を解かれていない！　まだ私は指揮官なのだ！　私に従えッ！」

「承知しました」

イグニスは静かに頷いた。予想通りの結果だが、そのことに落胆を覚える。なんだかんだと心の何処かで期待していたのだろう。敵の野戦陣地に視線を向ける。

兵士が一列に並び、クロノが何かを渡している。何を渡しているのかは分からないが、気を引き締めなければなるまい。

※

クロノは第一防衛ラインを見つめた。第一防衛ラインを構築する木材は焼け焦げ、火は消えかけている。ポーチに手をやり、飴玉を取り出す。

「ミノさん、食べる？」

「いえ、あっしは自分のがあるんで」

そう言って、ミノはポーチから飴玉を取り出した。口に入れ、満足そうに笑う。クロノも飴玉を口に入れた。口内に甘みが広がる。視線を巡らせると、部下達も飴玉を口にしていた。口の中で飴玉を転がしながら第一防衛ラインを見つめる。わずかに残っていた火が徐々に小さくなっていく。飴玉が溶けきった頃、火が消えた。白い煙が立ち上る。風が吹き、第一防衛ラインが崩れ落ちた。次の瞬間――。

「突撃ぃぃぃぃぃッ！」

神祇官が馬上で声を張り上げた。敵兵が枝束を持って押し寄せる。投石による攻撃はないと考えてくれてもよさそうなものなのに。用心深い相手は嫌いだ。突然、先頭を走っていた敵の姿が消える。二番目を走っていた敵兵が先頭になり、やはり姿が消える。三番目を走っていた敵兵はスピードを緩め、視線を巡らせた。そして――。

「落とし穴だッ！」

大声で叫ぶと立ち止まった。周囲に二つの穴が開いている。

「お、押すな！」

「止まれ！」

「落とし穴があるんだ！」

「俺も押されてるんだッ！」

後続も立ち止まって叫ぶ。だが、背後からの圧力は高まるばかりだ。それでも、何とか踏み止まっていたが、やがて破綻が訪れる。圧力に屈して敵兵の一人が大きく足を踏み出す。地面が陥没し、敵兵が落下した。身の毛もよだつ絶叫が穴の底から響き、敵兵は逆走しようとした。もちろん、そんなことはできない。背後には味方がいるのだ。敵兵は仲間に押され、悲鳴を上げながら穴に落ちる。

「今だ！」

「石をお見舞いしてやるだッ！」

「……投石」

クロノが叫ぶと、ホルスとリザドが武器を置き、石を手に取った。二人の部下もだ。ホルスとリザドが石を投げると、部下が後に続いた。石が肉を抉り、骨を砕く。枝束で雛を逃れる者もいたが、結果は同じだ。バランスを崩して落とし穴の餌食になった。無事だった者も押し合いへし合いの末に同じ運命を辿った。気が付くと、敵兵は落とし穴の遥か手前で立ち止まっていた。

「進め！　進めぇぇぇッ！　落とし穴は貴様らの体で埋めよッ！」

神祇官が馬上で騒ぐ。鬼のような命令だ。いや、鬼だってもう少し慈悲の心があるに違いない。だが、思う所があったのだろう。敵兵が枝束を落とし穴に投げ入れる。次の瞬間、彼は投石によって顔を潰された。

何をやってるんだと言うように周辺にいた兵士が穴を見下ろす。突然、ハッとしたように顔を見合わせた。まさか、こんな短期間で打開策を発見したのだろうか。そのまさかだった。枝束を持っている者が前面に立って攻撃を防ぎ、他の者が背後から枝束を落とし穴に投げ入れる。バケツリレーのように敵兵は枝束を運び、落とし穴を埋めてしまった。

落とし穴が埋まると、敵兵は再び雄叫びを上げて押し寄せてきた。落とし穴を攻略して勢いづいたのか、それとも仲間を殺されたことに怒っているのか。石を投げてもひるまずに突っ込んでくる。

「武器を持てッ！」

「分かっただ！」

ミノが声を上げる。すると、ホルスは慌てふためいた様子で、リザドは無言で武器を手に取った。そこに敵兵が押し寄せる。槍を突き出すが、やはりひるまない。イグニスの存在が後押しになっているのだろうか。夜襲の時に息の根を止めておけばよかった。そんなことを考えていると——。

「大将！」

ミノが悲鳴じみた声を上げた。彼がこんな声を上げるなんて初めてだ。一体、何があったのだろう。前方を見据え、目を見開く。

「破城槌でさ！」

「見れば分かるよッ！」

クロノは叫び返した。破城槌が迫っていた。荷車に丸太を縛り付けた程度の粗雑な作りだが、第二防衛ラインが持ち堪えられるか分からない。ポーチから通信用マジックアイテムを取り出して叫ぶ。

「誰か破城槌を止めろッ！」

返事はなかった。その代わりに斜面から矢が飛んできた。クロノは悲鳴を上げそうになった。矢の密度があまりにも薄かったのだ。それでも、破城槌を支える敵兵を何人か倒すことに成功する。だが、すぐに別の兵士が後を引き継ぐ。今になって敵兵がひるまなかった理由を理解できたような気がした。

イグニスの存在が後押しになっていた部分はあるだろう。だが、敵兵は破城槌を使えば勝てると思っていたのだ。希望を前にした人間は時に信じられない力を発揮する。希望はクロノ達のものだけではないのだ。

「もう駄目だぁぁッ！　こんなことなら給料を使っちまえばよかっただッ！」

ホルスが情けない悲鳴を上げたその時、リザドが第二防衛ラインから飛び出した。

「止めろ！　そいつを止めろッ！」

「バリケードを壊せばこっちの勝ちだッ！」

「しがみつけ！　一秒でもいいから時間を稼げッ！」

敵兵がリザドに襲い掛かる。だが、リザドは敵兵の妨害など物ともせずに突き進む。中腰で大槌を構える。マジックアイテムなら破城槌を支える敵兵を倒せるだろうが——。

「リザド！　破城槌が近いッ！」

「……雷」

クロノは叫んだ。だが、リザドは構わずにマジックアイテムを使った。雷が大槌から迸る。雷を受けた敵兵が倒れる。それでも、破城槌は止まらなかった。勢いが付きすぎていた。受け止めるつもりか。大槌を地面に置き、リザドが構える。

リザドと破城槌が激突する。破城槌が止まる。ただし、一瞬だ。次の瞬間にはリザドもろとも第二防衛ラインに突っ込んでいた。第二防衛ラインの一角が崩れ、土煙が舞い上がる。歓声が上がった。もちろん、敵兵のものだ。その光景はクロノ達にとって絶望そのものだ。目の前が真っ暗になったような気さえした。だが――。

『く、クロノ様！　突破されたみたいなッ！』

『すまない！　こっちもだッ！』

通信用マジックアイテムからアリデッドとナスルの声が響く。斜面を見上げると、敵兵が駆け下りてくる所だった。第二防衛ラインが壊された時でさえ絶望的な気分になったのにひどい追い打ちだ。思わず笑いが込み上げてくる。

『ど、どうしようみたいな！』

『ごめんなさい！　支えきれなかったみたいなッ！』

アリデッドとデネブの声が響く。今にも泣きそうな声だ。

気持ちは分かる。クロノだって指揮官でなければ泣いている。

「泣くな！　絶対に何とかするッ！　だから、もう敵に突破されるなッ！」

『『りょ、了解！』』

クロノが叫ぶと、アリデッドとデネブは叫び返してきた。視線を巡らせる。壊れた第二防衛ラインの隙間から敵が雪崩れ込んでくる。さらに両翼からも敵だ。

「ミノさんはホルスの指揮を継承、第二防衛ラインで敵を押し止めて！　ホルスは第二防衛ラインの内側に入り込んだ敵の始末だ！」

「分かりやした！」

「わ、わか、分かっただ！　お前達、付いてくるだッ！」

ミノが威勢よく、ホルスが震える声で答える。クロノは斜面を見据えた。数十人の敵兵が斜面を駆け下りてくる。まずはヤツらの足止めだ。

「……天枢神楽」

術名を呟くと、魔術式が目の前を流れ落ちた。こめかみが痛む。魔術が起動し、漆黒の球体が生まれる。先頭を走る敵兵に向けて漆黒の球体を放つ。漆黒の球体が敵兵の頭に触れ、クロノは拳を握り締めた。敵兵の頭が消失し、後続を巻き込んで斜面を転がり落ちる。

「今だぁ！　突っ込むだぁぁッ！」

ホルスが叫び、ミノタウロスが敵兵に駆け寄り、槍を容赦なく突き出す。短い悲鳴が上がり、敵兵が息絶える。肩に衝撃が走る。よろめきながら振り返ると敵兵がいた。油断している場合ではないのに片翼の敵兵に対処して気を緩めてしまった。

クロノは鞘から剣を抜き、切っ先を敵に向けて突き出した。新兵だったのだろうか。あっけなく切っ先が喉を貫き、敵兵は頽れた。

今度こそ気を引き締める。敵兵はまだまだいるのだ。

※

もう駄目かも知れない、とクロノはぼんやりと考えた。倒しても倒しても敵兵が第二防衛ラインの内側に入り込んでくる。あと何人殺せばいいのだろう。血の臭いで鼻が利かなくなっている。魔術を使いすぎたせいか頭が痛い。視界も暗い。音も遠い。周囲で起きている全てが別の世界の出来事のように遠く感じられる。

敵兵が剣を振り下ろしてくる。クロノはよろめくように躱し、剣を振り下ろした。痛みにだろう。敵兵が顔を顰める。刃筋を上手く合わせられなかったのだ。構わずに剣を振り下ろす。何度も何度もだ。とうとう耐えきれなくなって敵兵が倒れる。

視線を巡らせる。周囲には無数の屍が転がっていた。地面を埋めつくさんばかりだ。比率としては敵兵の方が多い。ミノは必死に第二防衛ラインで踏ん張っている。

アリデッド、デネブ、タイガ、ナスル、エッジの五人は分からない。時折、思い出したようにエルフと獣人の死体が斜面を転がり落ちてくるので必死に戦っているのだろう。これだけ殺しているというのに戦況を覆すことができずにいる。

ホルスの姿を探す。すると、ホルスは敵兵に囲まれていた。涙と鼻水を流している。助けなければと足を踏み出すと、敵兵が立ち塞がった。年齢はカイルと同じくらいか。

カイル――拷問されて殺された神聖アルゴ王国の哀れな子ども。今更言っても仕方がないことだが、身の安全に心を砕いてやればよかった。

今更だ。もうカイルは死んでしまったのだし、クロノは殺される訳にはいかない。帰るのだ。エラキス侯爵領に。小さく息を吐き、倒れ込むように足を踏み出す。敵兵は反応できない。地面を踏み締め、鼻っ柱に肘鉄をお見舞いする。鼻骨の折れる感触が伝わってくる。止めてくれと言うように手の平を向けるが、構わずに剣を振り下ろす。剣が肩にめり込む。刃筋は合っていたが、力が足りなかった。

敵兵は尻餅をつき、手と足を使って後退した。容赦するつもりはない。ゆっくりと距離を詰め、剣を振り上げる。すると、敵兵は頭を抱えて叫んだ。母ちゃんと聞こえた。それで現実に引き戻された。光が、音が、臭いがリアリティを伴って押し寄せてくる。

衝撃が体に走る。視線を落とすと、敵兵が頭をクロノの腹に押し付けていた。太股に熱が生じ、激痛となって脳を直撃した。反射的に突き飛ばす。再び敵兵が尻餅をついた。短剣を握り締めている。剣で敵兵の首を刎ねる。

ああ、とクロノは声を漏らす。人を殺すことに罪の意識を感じないなんて嘘だ。彼の言葉を聞いた瞬間、躊躇った。殺さなければ殺される現状で躊躇ったのだ。それは罪の意識を感じているということだ。きっと、必死に蓋をしていたものが噴き出したのだ。なんてことはない。クロノは狂ってなんかいなかった。

ああ、ともう一度声を漏らす。数人の敵兵がじりじりと近づいてくる。もう駄目かも知れない、とぼんやり考える。だが、剣を握る手に力を込める。最期まで足掻くと決めたのだ。帰ると約束した。だから、戦うのだ。

「死――」

「ぶもぉぉぉぉぉッ！」

敵兵の声は別の声によって掻き消された。ホルスの声だった。次の瞬間、敵兵はホルスの体当たりを喰らって吹き飛ばされていた。敵兵が一斉に襲い掛かり、ホルスは滅茶苦茶に槍を振り回した。槍の柄で殴打され、敵兵が吹き飛ぶ。

「やらせねぇ！　クロノ様はやらせねぇだッ！」

「何だよ、さっきまでべそべそ泣いてたミノタウロスじゃねぇか。ったく、泣いて命乞いをするから見逃してやったのに……。今になって、しゃしゃり出てくるなよ！　指揮官を殺せば家に帰れるんだよ！　俺は家に帰りてぇんだよッ！」

敵兵の一人が苛立たしげに叫び、槍を突き出す。だが、槍の穂先はホルスに届かなかった。それよりも速くホルスが槍を振り下ろしたのだ。敵兵がその場に頽れる。

「お、おらは命乞いなんてしてねぇ！　おらは強いんだッ！　おらは強いんだぞッ！　命乞いなんてする訳がねぇだ！　おらは役立たずじゃねぇんだ！　守られてばかりじゃねぇんだ！　おらは、おらは……立派に戦えるだぞッ！」

「誰か来てくれッ！」

「応援、応援を頼むッ！」

「待ってろ！　今行く！」

敵兵が助けを求め、新手がやって来た。敵兵がホルスに襲い掛かる。だが、ホルスは槍を振り回して抵抗する。助けなければ、とクロノは足を踏み出し、尻餅をついた。太股を見て、顔を顰める。血が溢れ出している。ポーチから幅のある布を取り出し、傷を押さえるようにして太股に巻く。立ち上がり、傷のある方の足に体重を掛ける。かなり痛いが、歩けないほどではない。

ホルスは、と視線を巡らせる。だが、ホルスの姿は何処にもない。嫌な予感がした。片脚を引き摺るようにホルスを探し、立ち止まる。

「……ホルス」

クロノは斜面を見つめた。ホルスは手足を投げ出すように斜面に寄り掛かっていた。歩み寄り、肩を揺らす。ぴくりとも動かない。ホルスは死んでいた。

「破城槌だッ！　また破城槌が来たぞッ！」

誰かの声が響き、クロノは走った。片脚を負傷しているので上手く走れない。

「天枢神楽、天枢神楽、天枢——」

走りながら魔術を起動、起動、起動——重なり合う魔術式で視界が埋め尽くされ、激しい頭痛に襲われる。拳銃があればこめかみに押しつけて頭を吹き飛ばしている所だ。当然のことながらこの世界には拳銃がない。火縄銃さえない。作り方も分からない。

頭がぐらぐらする。地面がクッションにでもなってしまったかのようだ。第二防衛ラインから飛び出すと、破城槌が迫っていた。破城槌に向かって走る。走る、走る、走る。敵兵が飛び出し、槍を突き出す。華麗に躱すつもりが、脇腹を掠める。

ブツンという音が響き、視界が真っ暗になる。不意に視界が元に戻る。地面が迫っていた。大きく足を踏み出して転倒を免れる。顔を上げると、破城槌が目の前にあった。獣のように吠え、地面を蹴る。破城槌の上を転がり、漆黒の球体を同時に消滅させる。二十を超える天枢神楽によって破城槌が穴だらけのチーズのようになる。当然、それを支えていた敵兵もだ。ぐらりと視界が、いや、破城槌が傾く。

大きな音が響き、クロノは地面に投げ出された。二転三転してようやく止まり、軽く咳き込む。鉄臭い味が口内に広がる。ぬるぬるしたものが喉の奥に滑り落ちていく感覚がある。鼻血が出たのだろう。

痛いのか、熱いのか、どちらともつかない感覚に苛まれながら体を起こす。神祇官が騒いでいる。悪魔だの、殺せだの、言いたい放題だ。神祇官までは数十メートルといった所か。数十メートル進めばこの戦いを終わらせられる。だというのにその数十メートルが絶望的に遠い。ましてや敵兵が迫っているのだ。この距離を踏破するなど不可能だ。

もう駄目かも知れない、と思いながら足に力を込める。何とか立ち上がれた。剣はない。何処かに落としたのだろう。だから、短剣を構える。

「我が名は……」

しわがれた声が漏れる。よかった。まだ、ちゃんと話せる。声を出せる。

「我が名はクロノ！　救国の英雄クロード・クロフォードとエルア・フロンドの息子ッ！　この部隊の指揮官だ！　臆さぬなら掛かってこいッ！」

クロノが笑うと、敵兵が動きを止めた。大将！　とミノの声が聞こえる。背中を向けているので姿は見えない。だが、ポールアクスで敵を薙ぎ倒しながら進む彼の姿が見えるようだった。大丈夫、諦めてなんていない。最期まで足掻くのだ。

まだまだこれからなんだから。絶対に生きて帰るんだから。足を踏み出した途端、体から力が抜けた。今度は踏ん張れずに膝を屈する。不意に視界が翳り、顔を上げる。

「……リザド」

顔を上げたまま呆然と呟いた。そこにリザドがいた。今まで気絶していたのか、それとも戦っていたのか全身が血に塗れ、顔の半分がずたずたになっていた。ぷらぷらと揺れる牙をリザドは無造作に引き千切り、差し出してきた。何を伝えたいのか分からないまま両手を差し出す。すると。リザドは牙から手を放した。血に塗れた牙が手の上に落ちる。

「……形見」

リザドは小さく呟くと、大槌を構えて走り出した。

※

リザドは大槌を手に走った。リザードマンの痛覚は鈍く、どれほどの傷を自分が負っているのか分からない。一歩、また一歩と踏み出すたびに体から生きるために必要な力が流れ出していくのが分かった。

自分は死ぬのだ、とリザドは理解した。このまま足を止めれば、今しばらくは生きてい

られるかも知れない。そう理解してもリザドは懸命に足を動かし続けた。敵兵が槍を突き出すが、リザドは避けない。腕に、胸に、首筋に槍が突き刺さる。

何故だろう？　と思う。リザードマンとして生まれた自分には帝国のために戦う理由がない。兵士として十分に戦ったはずだ。少なくとも自分を捨て駒にするような軍のために戦う義理はない。

仲間のため、クロノのため、いや、自分は期待しているのだ。世界人権宣言――クロノならば亜人も、奴隷も、平民も、貴族も等しく価値を持つ世界に変えてくれるはずだ。

理想、とそんな言葉が脳裏を過る。理想、理想のためだ。授業を終え、仲間と語り合った夢のためだ。理想を抱けたのだ。夢を見ることができたのだ。明日に期待を持てるようになったのだ。

それだけで十分だ、とリザドは敵兵を振り切り、片腕で大槌を振り上げた。敵の指揮官は目の前だった。そして、次の瞬間、リザドの視界は炎に埋め尽くされた。

※

イグニスは馬から下り、地面に倒れ伏すリザードマンに歩み寄った。リザードマンはひどい有様だった。顔の半分と左腕は失われ、体は槍傷と火傷に覆われている。

「……敵ながら見事だ」

しばらく迷った末に賞賛の言葉を吐き出す。賞賛の言葉に嘘はない。このリザードマンは見事だった。これほどの傷を負いながら神祇官まであと一歩という所まで迫った。イグニスが邪魔をしなければ本懐を遂げられたことだろう。

本懐——そう、本懐だ。このリザードマンは神祇官だけを見ていた。恐らく、最期の瞬間までイグニスの存在に気付かなかったことだろう。だからこそ、自分に賞賛の言葉を口にする資格があるのか迷ったのだ。

「おお、イグニス将軍。よくやってくれた」

「……神祇官殿」

イグニスが視線を向けると、神祇官が馬を下りて近づいてくる所だった。彼はリザードマンを見下ろして顔を顰めた。そして——。

「この！　卑しいトカゲめがッ！　この私を殺そうとするなど身の程を知れ！」

「神祇官殿！」

神祇官がリザードマンを踏み付け、イグニスは思わず声を荒らげた。

「貴様は神聖アルゴ王国の将軍でありながら亜人を庇い立てするのかッ？」

「そうでは――」

イグニスが反論しようと口を開いた瞬間、視界の隅で何かが動いた。

「はひぃぃぃッ！」

突然、神祇官が間の抜けた声を上げた。リザードマンが首筋に喰らい付いていた。

「こ、ここ、このリザードマンは生きて！」

神祇官は小便を漏らしながらリザードマンの鼻先を拳で殴りつけた。しかし、リザードマンの力が緩む気配はない。それどころか、力が増しているようだった。牙が皮膚を突き破り、肉に突き刺さる。

リザードマンが神祇官の肩に触れると、ギギィッという音が生じた。神祇官の骨が軋む音だ。不意に音が止み、ブツンという音と共に肉が千切れた。神祇官の首筋から血が噴き出す。リザードマンはそのまま倒れた。最後の力を使い果たしたのだ。

「ひぃぃぃッ！　血が、血が、た、頼む、イグニス将軍、血を止めてくれ」

神祇官は手で傷を押さえ、イグニスに縋り付いてきた。

「イグニス将軍、癒やしを」

「ご自身で神威術を使われた方がよろしいのでは？」

「わ、私は、神威術を使えない」

知っている、とイグニスは心の中で呟いた。だから、ここまで誘導したのだ。とはいえ自身の手腕がお粗末だったことは否定できない。戦うこと以外からっきしというババアの評価は正しかったということだ。ともあれ、役目を果たした。あとは政治の領分だ。

「い、イグニス将軍、き、きしゃ、貴様、ましゃか？」

「……」

イグニスは答えない。冥土の土産をくれてやれるほど気前のいい性格ではないのだ。

「し、神殿が黙って、いにゃい、ぞ」

「神祇官殿が神威術を使えなかったと知れば何も言わないでしょう」

「ひ、人殺し」

神祇官はイグニスの胸倉を掴んで言った。それが最期の言葉だ。体が傾ぎ、そのまま横倒しになる。神祇官を見下ろす。これといった感慨はない。死を悼むには彼は自分本位すぎた。せめて、いや、考えても仕方がない。イグニスは深く息を吸い——。

「神祇官殿が身罷られた！　マルカブの街まで撤退！　そこで帝国軍の襲撃に備える！」

声を張り上げた。兵士達がどよめくが、逆らう者はいない。神祇官の部下は損耗が激しく、心身共に疲弊しきっていたのだ。

※

「神祇官殿が身罷られた！　マルカブの街まで撤退！　そこで帝国軍の襲撃に備える！」

「撤退？　あと少しで倒せるんだぞ」

「よかった。これで休める」

「なんで、もっと早く……」

イグニスが声を張り上げると、敵兵はざわめいた。だが、命令に逆らうつもりはないらしく一人が踵（きびす）を返して歩き出すと、ぞろぞろとその後に続いた。

「……終わった。本当に？」

クロノは座（すわ）ったまま呆然と呟いた。あれほど激しく争っていたのだ。正直にいえば戦いが終わったなんて言われても信じられない。しばらく呆然としていると――。

「大将、助かりやした！　リザドのお陰（かげ）でさッ！」

ミノが駆（か）け寄ってきた。クロノの太股を見て、顔を顰める。

「立てやすか？」

「何とか」

クロノはミノの手を借りて立ち上がった。再びイグニスの声が響き渡る。

「撤退！　マルカブの街まで撤退！　そこで陣を敷き、帝国軍の再襲撃に備える！」

「罠じゃないよね？」

「罠を仕掛ける意味がありやせん」

クロノが尋ねると、ミノは溜息交じりに言った。ミノの言う通りだ。クロノ達は満身創痍の有様だ。戦いを継続すれば簡単に殲滅できる。

「撤退！　マルカブの街まで撤退！　そこで陣を敷き、帝国軍の再襲撃に備える！」

声が響く。まるでクロノ達に戦いが終わったと宣言するように。恐らく、それは間違いではないのだろう。敵兵はすでにマルカブの街へと歩き出しているのだから。クロノはポーチから通信用マジックアイテムを取り出した。

「アリデッド、デネブ、タイガ、ナスル、エッジ、生きてる？」

『敵が退いてくれて命を拾ったみたいな』

『でも、大勢死んだし』

『負傷者、多数でござる』

『こっちもだ』

『応急処置だけして合流します』

「待ってるよ」

クロノは通信用マジックアイテムをポーチに収めた。レオが死に、ホルスが死に、リザドが死んだ。他にも大勢が死んだ。疲労感が押し寄せる。震える足で立ち上がり――。

「皆、帰ろう」

溜息を吐くように言葉を吐き出した。

※

五日後――クロノ達は丘陵地帯を東に進んでいた。不意に足から力が抜けた。そのまま膝を屈しそうになる。だが、クロノは歯を食い縛り、何とか自分とアリデッドの体を支えた。体勢を立て直し、アリデッドを引き起こす。彼女は体力の限界だった。肩を貸さなければ立っていられないほどだ。

「……クロノ様、もう十分だし」

アリデッドが弱々しい口調で呟く。だが、クロノは無言で足を踏み出した。すぐ隣ではミノがデネブを背負って歩いている。人を背負って歩いている。クロノは肩を貸しているだけだ。まだ限界ではない。

「このままじゃ、クロノ様まで死んじゃうし」

「弱音を吐いている暇があったら自分で歩いて。僕の愛人になるんでしょ」

「そういえばそうだったみたいな」

少しだけ体が軽くなる。アリデッドが気力を取り戻したのだろう。クロノは内心胸を撫で下ろした。この五日間で気力の尽きた者から死んでいくと学んでいたからだ。誰もが傷を負い、疲労の極みにある。もう気力以外に頼るものがないのだ。

しかし、その気力を保つことが難しい。もちろん、クロノは必死に部下を鼓舞した。くだらないジョークも言ったし、美味しい料理を食べさせると約束もした。ありとあらゆる手を尽くした。それでも、生き残った九百人の部下は次々と脱落していった。

「エラキス侯爵領に戻ったら何をしたい？」

「アイスクリームをお腹いっぱい食べたいみたいな。クロノ様は？」

「そりゃ、女将と腰が抜けるまで……」

クロノは途中まで言って口を噤んだ。急に心が凪いでしまったのだ。そんな中で湧き上がってくる思いがあった。それは——。

「……レイラに謝りたい」

ぽつりと呟く。初陣でレイラに責任を押しつけようとした。未遂に終わったが、それを黙ったまま関係を続けていることに罪悪感を覚えたのだ。

「まだ謝ってなかったのみたいな？」

「それとは別件……」

「何のことか分からないけど、謝りたいなら謝るべきみたいな」

「その希望は叶いそうだし」

弱々しい声が聞こえた。デネブの声だ。隣を見ると、デネブは前方を指差した。

※

女将は鍋からスープを掬い、小皿に移した。琥珀色のスープだ。フー、フーと息を吹きかけ、口に含む。濃厚な味わいが広がる。美味しくできた。使い慣れない——前線基地の厨房でこれだけのスープを作れるなんて自分は天才なのではないかと満足感を覚える。

「これならクロノ様も……」

喜んでくれると言おうとして言葉に詰まった。鼻の奥がツンとして視界が涙で滲む。マズいと思ったが、涙を堪えることはできなかった。涙がこぼれる。最近は——クロノと別れてからいつもこうだ。ふとしたことで泣いてしまう。せめて、状況が分かればと思うが、何も分からない。情報が下りてこないのだ。

　ぐいっと手の甲で涙を拭う。すると、ハンカチが差し出された。見事な刺繍の施されたハンカチだ。思わず顔を上げると、白い軍服を着た人物が立っていた。確かリオ・ケイロンと言ったはずだ。ハンカチとリオを見比べていると――。

「貸してあげるよ」

「こんな高そうなもの、借りられませんよ」

「なら、あげるよ」

　リオはハンカチを押しつけ、調理台に寄り掛かった。使わないのも失礼かと涙を拭う。

「なんで、ハンカチを？　それ以前に貴族様が厨房に来るなんて――」

「ふふ、君がクロノの愛人という話を聞いてね。クロノの恋人として世話を焼いてあげようと思ったのさ」

　恋人？　と女将は思わず目を見開いた。胸を見て、それから顔を見る。男にしては華奢なような気がするが、女にしては胸が――。いや、まあ、そういうこともあるだろう。女将はリオの性別について考えることを止めた。

「冗談さ」

「なんだ、冗だ――」

「世話を焼いてあげようと思ったの部分がね」

　女将は胸を撫で下ろそうとし、そのまま動きを止めた。リオがくすくすと笑う。こんな時にからかわなくてもいいじゃないか、と唇を尖らせてしまう。

「一人で待っているのが苦痛でね。話し相手が欲しかったのさ」

「騎士様ならできることがあるんじゃありませんか？」

「残念だけど、待機を命じられたら待機せざるを得ない程度に騎士は不自由なんだよ」

　リオは腕を組み、小さく溜息を吐いた。

「……ケイロン伯爵はクロノ様が心配じゃないんですか？」

「うん？　心配だよ」

　リオは腕を組むのを止め、調理台に手を突いた。そして、困ったように笑う。

「何というか、こういうことは初めてでね。落ち着かない感じはするけど、どうすればいいのか分からないんだよ。君はどうだい？　ああ、話し方は気にしなくていいよ」

「あたしは……」

　女将は髪を搔き上げた。

「信じたいと思っちゃいるんだけどね。死んだ旦那のことを思い出しちまってどうもね」

「ああ、結婚しているんだね」

「結婚してたんだよ。前の旦那は……病気でぽっくり逝っちまってね」

なんで、こんなことを言ってるんだか、と女将は小さく溜息を吐いた。

「ふ～ん、それでクロノのことは好きなのかい？」

「なんで、そんなことを言わなきゃならないんだい？」

「好奇心さ」

女将が問い返すと、リオは軽く肩を竦めた。

「それで、どうなんだい？」

「そりゃ、まあ、嫌いじゃないよ、嫌いじゃ」

女将はリオから顔を背けながら言った。頬が熱い。平然と答えなきゃいけないのにこれでは好きだと告白しているようなものだ。

「そっちはどうなんだい？」

「ボクはクロノを愛しているよ」

リオは平然と答えた。その素直さが羨ましい。どうやら悪人ではないよう――。

「クロノが殺されていたら神聖アルゴ王国の連中を皆殺しにしたいくらい愛してるよ」

「そ、そうかい」

女将はリオから視線を背けた。悪人ではないが、怖い人だ。

「皆殺しにするかしないかはレオンハルト殿とタウル殿待ちだね」

「なんで、その二人が？」

「なんでって、第一、第二近衛騎士団がクロノ達を助けに行ってるからさ」

「どうして、そんな大事なことを教えてくれないんだい！　あの、髭ッ！」

女将は地団駄を踏んだ。髭ことベティルは第一、第二近衛騎士団がクロノ達の救助に行っていることを教えてくれなかった。

「だってさ。どうして、教えてあげなかったんだい？」

リオが入り口の方を見る。すると、そこにはベティルがいた。何だか気まずそうだ。もっとも、それは女将も一緒だ。

「情報漏洩を防ぐためだ。それに、私は、医者の手配をしていて……」

ベティルは扉の陰に身を隠したまま、ごにょごにょと言った。よく聞こえなかったが、忙しかったんだと言っていたような気がする。

「忙しいったって優先順位ってもんが――ッ！」

「捜索隊が戻ってきたぞ！」

外から聞こえてきた声に女将は息を呑んだ。

「救助隊だろ？」

「同じことだろ！」

「亜人達も一緒だぞ！」

「――ッ！」

女将は再び息を呑み、駆け出した。扉の陰に隠れていたベティルを押し退け、厨房から飛び出す。陽はすでに暮れ、空気は冷たい。ぶるりと身を震わせ、周囲を見回すが、クロノ達の姿は見当たらない。何処に行けばいいのか自問し、兵士達がある方向に移動していることに気付いた。その先にクロノがいるに違いない。女将はスカートが捲れるのも気にせずに走った。基地の外縁部に辿り着くと、そこには兵士達が集まっていた。

まるで葬式のように静かだ。まさかと思い、必死に否定する。絶対に帰って来ると約束してくれた。一人にしないと約束してくれた。また一人になったらと考えただけで胸が苦しくなる。息苦しさに耐えながら走り、兵士達を掻き分けて進む。文句を言われたような気がしたが、そんなことよりクロノだ。人垣を抜ける。白銀の鎧を身に着けた男達が亜人に肩を貸したり、負傷者の乗った荷車を引いたりしていた。

その中に飛び込み、クロノの名を呼ぶ。喉が痛みを訴えるほどクロノの名を呼び、女将は二人の人物が近づいてくることに気付いた。

一人は第二近衛騎士団の団長タウルだ。もう一人は――クロノだった。肩を借りて歩いている。感情が爆発し、駆け出していた。足がもつれて転ぶ。みっともないなんて思わなかった。こちらに気付いたのだろう。クロノがタウルから離れて歩き出す。

太股を負傷しているせいだろう。クロノが倒れそうになる。だが、何とか持ち直して二歩、三歩と足を踏み出す。限界は四歩目に訪れた。クロノが膝を屈する。だが、倒れることはなかった。女将が抱き留めたからだ。体温と鼓動が伝わってくる。生きている。生きて戻ってきてくれた。約束を守ってくれた。

「シェーラ、僕……戻ってきたよ」

「ああ、分かってるよ。分かってる」

「腰が抜けるまでエッチするのはお預けだね」

「馬鹿！　こんな時に何を言ってるんだいッ！」

ごめん、とクロノは弱々しい笑みを浮かべた。

「レオが死んだんだ」

「覚えてるよ。丘陵地帯でのことだろ」

クロノがぽつりと呟き、女将は頷いた。

「ホルスも、リザドも、他にも大勢……頑張ったんだけど、力が及ばなくてッ！」

「アンタのせいじゃない！　アンタのせいじゃないよッ！」

クロノが嗚咽し、女将は腕に力を込めた。涙が溢れる。その涙は死んでいった兵士のために流す涙ではなかった。クロノが戻ってきてくれたことに対する涙だ。なんて自分本位な女なのだろうと思う。本当に嫌になる。けれど、本当の気持ちだった。クロノを抱き締め、女将は声を上げて泣いた。

※

クロノと女将が抱き合って泣いている。リオは小さく溜息を吐き、踵を返した。ボクだってクロノと抱き合いたいのにと唇を尖らせる。けれど、今日くらいは彼女に譲ってやってもいいかなと思った。静かに歩き出すと、レオンハルトが声を掛けてきた。

「おや、感動の対面はしないのかね？」

「生憎、ボクは空気が読める方でね」

「これは手厳しい」

はは、とレオンハルトは芝居がかった仕草で笑った。

「亜人達の様子はどうだい？」

「医者ではないので確実なことは言えないが、適切な治療を受ければ問題ないはずだ」

ふふ、とレオンハルトは忍び笑いを漏らした。

「どうかしたのかい？」

「道中、クロノ殿は大丈夫かと何度も聞かれてね。それを思い出していたのだよ」

「それの何処が面白いんだい」

リオは溜息交じりに呟いた。

「……クロノのことを心配してたか。少し羨ましいね」

「リオ殿にも心配してくれる人はいるのではないかね？」

「そういう意味じゃないよ。近衛騎士のボクらには剣を捧げる相手がいないのに彼らにはいる。それが羨ましいのさ」

「皇女殿下では不満だったのかね？」

「不満ではなかったけれど、あまり好かれていなかったからね」

舞踏会でのあの態度がなければ味方をしてやってもよかった。もっとも、あの場で味方をしてもいつか裏切ることになったような気はするが——。

「レオンハルト殿はどうだい？」

「私は誰が主であっても近衛騎士として剣を振るだけだとも」

「立派なものだね」

リオは軽く肩を竦めた。もっとも、本心では立派だと思っていない。レオンハルトは何事にも無関心なだけではないかという思いを強めただけだ。

肩を並べて歩いていると、レオンハルトが思い出したように口を開いた。

「ケフェウス帝国の初代皇帝は異なる世界からやって来た黒髪の男だったそうだ」

「藪から棒にどうしたんだい？」

「ふと昔聞いた話を思い出してね。建国の神話だよ」

ふ〜ん、とリオは相槌を打ち、口の中で建国の神話という言葉を転がした。悪くない響きだ。亜人に王はいない。かつては王と呼ばれる存在がいたのだろうが、その存在は歴史の闇に葬られてしまった。今では彼らがどんな文化を持っていたのか、どんな歴史を歩んできたのかを知る者はいない。

もし、彼らが再び王を戴き、それがケフェウス帝国の礎を築いた初代皇帝と同じ黒髪の持ち主だとしたら――。リオは肩越しに背後を見た。クロノと女将の姿は人垣の陰になって見えない。だが、きっと今も抱き合って泣いているのだろう。

「王様にしては冴えないね」

何しろ、クロノは素人に毛が生えた程度の技量しか持ち合わせていないのだ。神の加護だって受けていない。けれど、優しい人だ。部下のために死地に残れる勇敢な男だ。

もし、先程の光景が建国神話の一部だとしたら――。

「……あれは産声だね」

「何か言ったかね？」

「何でもないさ」

ふふ、とリオは笑った。自分だけが誰も知らない建国の神話を知っている。そう考えると少しだけ気分がいい。今日は亜人の王が——あるいは帝国で虐げられる全ての者にとっての王が生まれた日なのだ。

第三章『盤上』

帝国暦四三一月一月下旬——レオンハルトは庭園を散策していた。帝都の第一街区にあるパラティウム邸の庭園だ。足を止め、人工池に視線を向ける。人工池の水面は氷に半ば覆われている。去年の今頃は完全に氷に閉ざされていたが、今年は暖冬のようだ。

そういえば雪も降っていない。冷たい風が吹く。人工池が波打ち、枯れ草がカサカサと音を立てる。神威術・活性を使えば枯れ草を青々とした姿に戻すことも可能だ。一部の貴族や商人は神殿に多額の寄付を行い、冬場に花を咲き乱れさせることもあるという。

レオンハルトは枯れ草を見つめ、小さく頭を振った。神威術は軽々しく使うべきではないし、青々とした姿に戻した所で今は冬だ。すぐに枯れ果ててしまうことだろう。それに冬の庭園も趣があっていいものだ。

ぼんやりと庭園を眺める。戦争の後処理もあり、忙しい日々が続いていた。第一近衛騎士団の団長である自分がこうしてのんびりと過ごすことができる。死んだ部下のことを思えば贅沢すぎる時間の使い方だ。そんなことを考えていると——。

「ったく！　こっただ所にいただかッ！」

庭園にリーラの声が響いた。厚着をしているのだろうか。リーラは記憶にあるよりもふっくらしていた。スカートをたくし上げ、ずかずかと歩み寄ってくる。

「そんな薄着をして風邪を引いたらどうするだ！」

リーラはレオンハルトの前で立ち止まると声を荒らげた。足下を見る。枯れ草が踏み潰されていた。せめてもの抵抗という訳ではないだろうが、先端がはみ出している。

「何を見てるだ？」

「枯れ草を――」

「あ〜あ！　こっただ所にいるから冷え切っちまってるでねぇかッ！」

リーラは両手でレオンハルトの顔を挟んで言った。温めようとしているのか。手を前後に動かす。あかぎれだらけなのでヤスリで研がれているような気分だ。

「ところで、こっただ所で何をしてんだ？」

「冬の景観を楽しんでいたのだよ」

「前々から思っとったけど、レオンハルト様は若ぇのに爺むせぇだな」

「そうかね？」

「そりゃそうだ。若ぇもんは外で遊ぶもんだ」

リーラは胸を張って言った。自分が間違っているとは露ほども考えていない態度だ。

「それに、家に籠もってると体が腐っちまうだよ」

「ふむ、リーラは遊びに行っているのかね？」

「もちろんだ」

ふふん、とリーラは鼻を鳴らした。軽く目を見開く。奉公人として引き取られた経緯があるとはいえ給料は支払っている。だが、リーラと遊びという単語が結びつかない。

「どんな遊びをしているのだね？」

「新市街さ行ってるだ」

「どんな遊びをしているのだね？」

「新市街に遊びに行ってるって言っただよ」

レオンハルトが同じ質問をぶつけると、リーラは訝しげに眉根を寄せた。

「具体的にどんな遊びをしているのか教えてくれないかね？」

「なんだ、そういう意味か。ちゃんと聞いてくれねぇと分からねぇだよ」

リーラはムッとしたような顔をしている。ちゃんと聞いたつもりなのだが、コミュニケーションとはなかなか難しいものだ。

「そんな話し下手で隊長の仕事が務まるだか？」

「優秀（ゆうしゅう）な部下のお陰で私程度でも務まっているよ」

「は～、レオンハルト様の部下は大変だな。オラも頑張（がんば）らねぇと」

そう言って、リーラは力瘤（ちからこぶ）を作った。

「それで、新市街でどんな遊びをしているのだね」

「適当にほっつき歩いて、飯を食うだ。ああ、そういや旅芸人が芝居をやってただよ」

「ほう、どんな演目だね？」

「レオンハルト様が出てただ」

「リーラ、私は役者ではないよ」

「そんなこと知ってるだ。オラは芝居の役……役でええんか？　まあ、とにかく、芝居でレオンハルト様の役があったんだ。レオンハルト様がどんな仕事をしているか知らなかったから少しびっくりしただ。特にアルフォート様を守るために、大軍に立ち向かう所なんて心臓が止まるかと思っただ」

「……なるほど」

レオンハルトは少し間を置いて頷いた。アルフォートの名が出てきたということは神聖アルゴ王国との戦争がテーマになっているのだろう。

「……早すぎるな」

レオンハルトは小さく呟いた。何者かが世論を操作しようとしているのだろう。帝国の臣民は直接的な政治的影響力を持たないが、どんな君主でも世論を無視することはできない。民が不安を抱けばそれだけで国は混乱するものなのだ。

リーラの話を聞く限り、不安を煽ってはいないようだ。となれば黒幕は軍務局か、アルコル宰相のどちらかだろう。レオンハルトが殿を引き受けたという筋書きは旧貴族の印象をよくしたいという思惑からに違いない。

「リーラ、芝居の中にクロノという役はあったかね？」

「いなかっただ。クロノがどうかしただか？」

「いや、どうやら私の勘違いのようだ」

リーラは訝しげな顔をしたが、追及はしてこなかった。そういえばクロノはどうしているだろうか？　とレオンハルトは空を見上げた。前線基地で別れてから会っていない。元気でいればいいのだが——。

「ああ、そういえば爺やさんが探してただよ」

「爺が？」

リーラが思い出したように言い、レオンハルトは首を傾げた。はて、何の用だろう。屋敷の維持・運営については爺に任せているのだが——。

「ろんこうこうしょうがどうとか言ってただ」

「論功行賞かね？」

「そう言っただ」

リーラは少しだけムッとしたように言った。

「ところで、論功行賞って何だ？」

「論功行賞とは……要するに呼び出しを受けているということだよ」

「呼び出しなんて大変でねぇか！」

リーラは驚いたように目を見開いた。

「レオンハルト様、すぐに爺やさんの所に行くだ！」

「そんなに急ぐ必要はないと思うがね」

「爺やさんが探してるってことは急いでいるってことだ！」

リーラはレオンハルトの手を掴むと歩き出した。ったく、オラがいねぇと何にもできねぇんだからとぼやくように言う。ふっと笑う。彼女の中で自分は出会った時のまま――いや、よくよく思い出してみれば彼女の世話になった記憶が殆どない。

出会った時からこうだった。恐らく出会った瞬間に自分は出来の悪い弟と思われ、その認識がずっと変わっていないのだろう。その認識が死ぬまで改まることがないのではないかと考え、レオンハルトは嘆息した。

※

「――ッ！」

クロノは声にならない悲鳴を上げ、ベッドから飛び起きた。上半身を起こしたまま視線を巡らせる。そこは帝都のクロフォード邸にある自分の部屋だった。どうして、自分がクロフォード邸にいるのかと首を傾げ、これまでの経緯を思い出す。

あの後――前線基地に戻ったクロノ達は治療を受けた。ベティルが医者を手配してくれていたのだ。治療を受け、いざエラキス侯爵領に帰還という段になって帝都から使者がやって来た。論功行賞を行うので帝都に来て欲しいということだった。それで、あとのことをミノに任せて帝都にやって来たのだ。

クロノは息を吐き、ベッドに倒れ込む。全身が汗で濡れて気持ち悪い。天井を見上げたまま深い溜息を吐くと――。

「「クロノ様！　おはようございますみたいなッ！」」

バンッという音と共に扉が開き、アリデッドとデネブが飛び込んできた。軍服ではなくメイド服を着ている。レイラが着ていたそれと違い、サイズはぴったりだ。二人はそのままベッドにダイブしてきた。ベッドが軋む。

「クロノ様、もう朝みたいな」

「朝食の準備ができてるし」

アリデッドとデネブはベッドに寝転びながら言った。

「二人ともおはよう」

二人に挨拶をしながら欠伸をする。

「二度寝するなら付き合うし」

「メイド稼業は兵士とは違った消耗具合だし」

アリデッドは何処か楽しそうに、デネブは何処となく疲れたように言った。

「それにしてもすごい寝汗だし」

「昨夜もうなされてたみたいだし。医者に診せた方がいいかもみたいな」

「多分、精神的なものだから診せても無駄だと思う」

クロノは微笑んだ。そのつもりだったが、アリデッドとデネブは痛ましいものでも見たような顔で俯いてしまう。多分、上手く笑えていないのだろう。

「……起きるよ」

「もう少し寝ててもＯＫみたいな」

「なんなら今日は寝て過ごしてＯＫだし」

「今日は論功行賞で城に呼び出されてるから、そういう訳にはいかないよ」

　クロノは小さく溜息を吐いた。できれば二人の言葉に甘えたいが、それでは帝都に来た意味がない。それに、体調が悪くても仕事はこなすべきだと思う。

「クロノ様の気持ちは分かったけど、もう少し寝てて下さいみたいな」

「クロノ様が起きちゃったら朝食の準備が待ってるし」

「……二人ともさっさとベッドから下りて朝食の準備をしなさい」

「「――ッ！」」

　地の底から響くような声にアリデッドとデネブは飛び起きた。部屋の入り口にはマイラが立っていた。腕を組んで笑っている。

「あたしらの仕事はクロノ様を起こすことだし」

「まだベッドに寝てるし」

　アリデッドとデネブが唇を尖らせて言うと、マイラはつかつかと歩み寄った。ふと違和感を覚えた。なんでだろう？　と首を傾げ、違和感の正体に思い当たる。足音だ。無音殺人術のマイラと呼ばれた彼女が足音を立てていた。マイラはアリデッドの頭を掴み、そのまま持ち上げる。小柄とはいえ片手で持ち上げるとは——すさまじい握力と腕力だ。

「このまま頭蓋骨を砕かれるか朝食の準備をするか選びなさい」

「う、うぉぉぉぉ、頭蓋骨で頭蓋骨が軋む音を聞いてるみたいな！」

「状況を説明している暇があったら早く答えるみたいな！」

「ず、ずず、頭蓋骨を砕かれることを選ぶみたいな！」

「そこまでして寝たいのみたいな⁉」

アリデッドの言葉にデネブは目を見開いた。

「ち、ちち、違うし！　こ、これは愛人としての矜持みたいな！」

「立派な覚悟です。私が頭蓋骨を砕けないと高をくくっていなければの話ですが」

「あ、すみません。調子に乗ってました。すぐ朝食の準備をします」

マイラが笑みを深めると、アリデッドはあっさり前言を翻した。マイラが呆れたように溜息を吐き、手を放す。アリデッドは四つん這いになり、荒い呼吸を繰り返した。

「愛人としての矜持が聞いて呆れるみたいな」

「そういう、台詞は、頭蓋骨を砕かれそうになってから、言うべきだし」

呆れたように言うデネブをアリデッドは睨み付けた。

「では、二人は朝食の準備を」

「「は〜い」」

二人は怠そうに言って部屋から出て行った。はぁ〜、とマイラはこれ以上ないくらい深々と溜息を吐いた。足音と言い、溜息と言い、珍しいことばかりだ。できるだけ刺激しないようにクロノはそっとベッドから下りた。すると――。

「坊ちゃま、寝癖が付いております。よろしければ髪を梳かしますが？」

「朝食を食べたらお風呂に入るから大丈夫だよ」

「親しき仲にも礼儀ありという言葉がございます」

「分かった。お願いするよ」

クロノは小さく溜息を吐き、イスに座った。マイラはつかつかと歩み寄り、クロノの髪を梳かし始めた。よほど苛々しているのだろう。手付きが乱暴だ。

「あの二人は……」

マイラは手を休め、ぽつりと呟く。

「あの二人は劣悪です。あそこまで駄目なメイドを私は見たことがありません」

「そ、そんな言い方をしなくても。二人とも僕のことを心配して残ってくれたんだし」

「ええ！　ええッ！　坊ちゃまのことが心配で付いてきたという話を聞いた時は感心しましたし、メイド修業をしたいと申し出てきた時は感動で胸が一杯になりましたとも！　ですが、その後がいけませんッ！」

　マイラは乱暴に手を動かした。そのたびに痛みが走る。髪の毛が引っこ抜かれているのだ。なんと恐ろしいことをするのだろう。マイラは鬼だ。

「朝寝坊は当たり前。掃除をすれば四角い部屋を丸く掃き、料理をすればつまみ食いをする。買い物に行けばお釣りを誤魔化す。これを劣悪と言わずして何と言うのでしょう」

「あ、あの、マイラさん。もう少し優しく……」

「私はなんちゃってメイドこそが最下級のメイドであると考えておりましたが、あの二人こそが最下級のメイドです！　駄メイドですッ！」

　ぶちぶちと髪の毛が引き抜かれる。堪らずクロノは声を上げたが、マイラの怒りを鎮めることはできなかった。それどころか、ますますヒートアップしている。マズい。髪の毛が危険に曝されている。

「挙げ句の果てに！　私をば、ババアとッ！　ええ、そりゃあ、私は六十歳のお婆ちゃんですよ！　こ、ここ二十年ばっかり日照ってますよ！　知り合いとか孫ができちゃってますよッ！　でも、南辺境の開拓で忙しかったんだから仕方がないじゃないですか！　私だって時間があれば結婚くらいッ！　結婚くらいッ！」

　ぐぎぎッ！　とマイラは呻いた。自然と手が止まる。チャンスだ。別の話題で怒りを鎮静化するのだ。髪の毛を救えるのは自分だけだ。

「そんなに結婚したいの？」

「いえ、別に」

クロノが尋ねると、マイラは一転して平静な声で答えた。ぐッと拳を握り締める。怒りを鎮めることに成功したようだ。これで髪の毛は安泰だ。少しだけ気分が楽になる。

「念のために聞くけど、結婚の条件は？」

「特に条件はありませんが、年収が金貨二千五百枚あれば助かります」

「ふ～ん、そうなんだ」

クロノは相槌を打ったが、年収金貨二千五百枚といえば土地持ちの下級貴族レベルの収入だ。何気にハードルが高い。肩に手が置かれる。思わずびくっとしてしまう。

「そういえば坊ちゃまの収入は――」

「「じぃー」」

マイラの言葉をアリデッドとデネブの声が遮った。マイラは深い溜息を吐き、振り返った。クロノもつられて振り返る。すると、扉の陰からアリデッドとデネブがこちらを見ていた。マイラはこめかみに触れながら小さく頭を振った。

「貴方達、朝食の準備はどうしたのですか？」

「嫌な予感がして戻ってきたし」

「そしたら案の定みたいな」

アリデッドとデネブは扉の陰から飛び出して歌舞伎役者のようなポーズを取った。

「孫ほど歳の離れた子に手を出そうとするなんて許せないし」

「女はいつまで経っても女とはいうものの、それはそれ、これはこれみたいな」

「二人とも愉快なことを言いますね」

マイラがクスクス笑いながら足を踏み出すと、二人は怖じ気づいたように後退った。

「くッ、足が勝手に！　これが歳を取ったエルフのプレッシャーッ！」

「あわわ、プレッシャーが増したしッ！」

「朝食の準備をしなさい」

うぐぐッ、とアリデッドとデネブは呻いた。

「相手が悪いみたいな」

「戦略的撤退もやむなしだし。けど、その前に……」

アリデッドは歩み出て、ビシッとマイラを指差した。

「婆さんは用済みみたいな！」

「――――ッ！」

風がアリデッドとデネブの間を吹き抜け、ドンッという音が響いた。マイラが短剣を投げたのだ。どれほどの威力が秘められていたのか。かなり深く壁に食い込んでいる。

「言い残すことはそれだけですか？」

「撤退みたいな！」

「クロード様に調停を頼むみたいなッ！」

アリデッドとデネブは身を翻し、部屋から出て行った。ドタバタという音が響く。まったく、とマイラは呟き、クロノに向き直った。

「では、続きを」

「アリデッドとデネブにあまりひどいことをしないでね」

「約束はいたしかねます」

そう言って、マイラは再びクロノの髪を梳かし始めた。丁寧な手付きだ。怒りが極限に達したことで逆に冷静になったのだろう。これなら安心して任せられる。そんなことを考えていると、マイラが手を止めた。

「どうかした？」

「非常に言いにくいのですが……」

マイラが呻くように言い、心臓の鼓動が跳ね上がる。もしかして、いや、そんな、まさかーーいやいや、気にしすぎだ。素数を数えて落ち着くんだ。

「一、三、五、なーー」

「側頭部に髪のない箇所が……」

「嘘!?」

クロノは慌てて側頭部に触れた。指先につるりとした感触が伝わってくる。確かにマイラの言う通りだった。目眩と吐き気を覚えた。まさか、この歳でハゲるなんてーー。

「失礼しました。これは傷痕のようです」

「ーーッ!」

クロノは息を呑んだ。原因に思い当たったからだ。セシリーだ。セシリーに蹴りを喰らった箇所だ。なんて女だろう。命を助けてやった恩を仇で返すとはーー。

「おのれ、セシリー」

クロノは拳を握り締めて呻いた。この落とし前はいつか必ずーー。

※

「美味ッ! 超美味いしッ!」

「こんなに美味しい料理を食べたら元の生活に戻れないし！」

　クロノがマイラと一緒に食堂に入ると、アリデッドとデネブが席に着いて食事をしていた。養父は楽しんでいるかのような表情を浮かべている。マイラがずいっと歩み出る。

「貴方達ッ！」

「「――ッ！」」

　マイラが一喝すると、アリデッドとデネブは食堂から出て行った。マイラは二人を追いかけ、扉から身を乗り出した。

「お風呂の準備をしなさい！　サボったら背中の皮を剥がしますよッ！」

「「分かったし！」」

　廊下から二人の声が響き、マイラは深々と溜息を吐いた。食堂に戻り、顔を顰める。二人がほぼ料理を食べ終えていたからだ。養父はニヤニヤ笑っている。

「いや～、いい食いっぷりだったぜ」

「ええ、ええ、見れば分かりますとも！」

　マイラは苛立ったように言って皿を重ね始めた。クロノは彼女を刺激しないように養父の対面の席に座る。

「旦那様も注意なさって下さい！」

「分かった分かった。次は注意するって」

養父は全く分かっていない口調で言った。長い付き合いだけに注意するつもりがないと分かったのだろう。マイラはぷりぷり怒りながら厨房に向かった。

「アリデッドとデネブがとんだ迷惑を……」

「ん、まあ、気にすんな。昔はあいつだって――」

「私はあそこまで劣悪ではありませんでした！」

「うへぇ、地獄耳だな」

厨房からマイラの声が響き、養父は首を竦めた。

「ったく、年寄りってのは自分の若い頃を美化しやがるよな」

「ノーコメントで」

養父がぼやくように言ったが、クロノはコメントを拒否した。

「うん、まあ、なんだ、あまり寝てねぇみてぇだな」

「分かる？」

「そりゃ、これでも父親だからな」

養父は居心地が悪そうに座り直した。神聖アルゴ王国から生還して以来、よく眠れていない。寝付きが悪く、眠れたとしても何度も目が覚めてしまう。夢見も悪い。レオやホルス、リザド——名前も知らないエルフの女性が死ぬ光景を夢に見る。いや、それだけではない。レオやホルス、リザドと話したことなど他愛のない日常の夢を見る。どちらかといえば後者の方が辛かった。目を覚ますと途方もない喪失感に襲われるのだ。
「父さん、どうして……」

「何だ？」

クロノが呼びかけると、養父は身を乗り出した。どうして、リザドは自らを犠牲にするような真似をしたのだろう。どうして、歩みを止めなかったのだろう。どうして、自分に形見を託したのだろう。どうして——、と自問している内に死の光景が甦る。槍で頭を吹き飛ばされたレオ。焼き殺されたエルフの女性。槍で、神威術で殺されたエルフと獣人達。目を見開いたまま死んだホルス。全身を槍で貫かれながら決して歩みを止めなかったリザド。どうして、とクロノは胸を掻き毟った。

「——おい」

「——ッ！」

養父に声を掛けられ、クロノは我に返った。

「なんで、部下が自分を犠牲にしたかって質問なら俺には答えられねぇぜ」

「父さんでもそうなんだ」

「当たり前だろ。俺は神様じゃないんだぜ。そりゃ、まあ、俺も若い時分にゃ色々と悩んだけどよ。散々悩んだ挙げ句、死んだヤツの気持ちなんて分からねぇって当たり前のことに気付いただけだったぜ」

「父さんは、どうやって乗り越えたの？」

「どうやってって……」

養父は気まずそうに頭を掻いた。

「まあ、色々だよ。屁理屈こねくり回してみたり、怒りに任せて敵をぶっ殺したり、酒を飲んだり、女を抱いてみたり……つか、実の所、乗り越えてないんじゃねぇか？」

「乗り越えてないの？」

「何か、こう、部下の死を乗り越えたぜみたいな感じはねぇな」

クロノが問い返すと、養父は何処か遠い目で天井を見上げた。

「一人で酒を飲んでしんみりしちまうこともあるしな」

「そうなんだ」

「だから、どう向き合うかが大事なんじゃねぇか」

「どう向き合うか、か」

「お待たせいたしました」

クロノが呟くと、マイラがパンと具のないスープをテーブルに置いた。あまり食欲がないのでありがたい。スープを掬い、口に運ぶ。口に入れ、軽く目を見開く。すぐに二口目を運ぶ。美味い。あっさりとした味付けながら深みがある。

「如何でしょう？」

「美味しい、うん、美味しい」

「それはよろしゅうございました。最近、坊ちゃまはお体の調子が悪いようでしたから」

マイラは満足そうに微笑んだ。心配を掛けて申し訳ないと思う。

「これなら論功行賞の途中でぶっ倒れることはなさそうだな」

養父は頬杖を突き、ふっと笑った。

※

クロノが登城の準備を整えて外に出ると、二頭引きの箱馬車が止まっていた。皇室の紋章が刻まれた箱馬車だ。その周囲を複数の騎兵が囲んでいる。白い軍服に身を包んでいるので近衛騎士団の団員だろう。さらにその周りには見ず知らずの人々――野次馬がいた。

クロフォード邸のある第四街区は富裕層の住むエリアだが、どちらかといえば平民が多い。そんな所に皇室の紋章が刻まれた箱馬車で来れば野次馬に囲まれても仕方がない。一人の男が馬を下りると、野次馬達が距離を取った。

男はクロノに歩み寄り、立ち止まった。背筋を伸ばして敬礼する。ほぅ、と野次馬から声が漏れる。それほど男の敬礼は美しかった。やや遅れてクロノも敬礼する。残念ながら声は漏れなかった。

「エラキス侯爵、お迎えに上がりました」

男が敬礼を解き、クロノも続く。

「お疲れ様です」

「では、こちらへ」

男に促されて箱馬車に乗る。窓から外を見ると、玄関に養父、マイラ、アリデッド、デネブの四人が立っていた。軽く手を振る。すると、アリデッドとデネブがぶんぶんと手を振った。子どものような所作に苦笑する。

ゆっくりと箱馬車が動き出す。話し相手がいないのでぼんやりと外を眺めて過ごす。帝都の街並みが流れていく。ゴルディが魔改造した箱馬車よりも乗り心地は悪いが、すいすい進んでいく。流石、皇室の紋章が刻まれた箱馬車だ。

ふと養父の言葉を思い出し、自分なりに部下の死に向き合ってみようと思った。割り切れない思いが残るだけだとしても部下が何を考えていたのか勝手に決めてしまうよりいい。

そう考えると少しだけ気が楽になった。

箱馬車が方向を変え、そのまま真っ直ぐ進む。しばらくするとアルフィルク城が見えてきた。跳ね橋を越え、落とし格子を潜り――城門を抜ける。箱馬車のスピードが緩やかなものに変わり、庭園の一角で止まった。ボーッと待っていると、扉が開いた。扉を開けたのは近衛騎士ではなく女官だった。美人だが、何処か澄ましたような感じがする。

「謁見の間に案内いたします。どうぞ、こちらへ」

そう言って、女官はしずしずと歩き出した。慌ててその後に付いていく。アルフィルク城の庭園は広く、手入れが行き届いていた。もちろん、城内もだ。女官に先導され、扉の前に辿り着く。大きく、豪奢な扉だ。恐らく、ここが謁見の間だろう。扉の脇には二人の騎士が控え、その前にはレオンハルト、タウル、リオ、ベティルが集まっていた。

「やあ、クロ――」

「おおッ！　エラキス侯爵！」

ベティルはリオを押し退けて歩み寄り、クロノの両手を握り締めた。リオはムッとしたような顔をしている。押し退けられたのだから当然か。

「ベティル副軍団長殿、その節はありがとうございます」

「いやいや、私は副軍団長として当然のことをしたまでだとも」

その節とは、負傷者を治療するために医者を手配してくれたことだ。それがなければ傷が悪化してさらに多くの者が死んでいただろう。

「ところで、愛人はどうしたのかね？」

「女将なら副官と一緒にエラキス侯爵領に戻ってもらいました」

「そうか、それはすまないことをしてしまった」

「いえ、またすぐに会えますから」

「そう言ってもらえるとありがたい」

突然、ベティルが手を放す。自分から手を放した訳ではない。リオに押し退けられたのだ。リオはクロノの腕に自身のそれを絡めてきた。まだまだぎこちなく感じる。

「何をするのだね」

「ベティル副軍団長殿、恋人同士の逢瀬を邪魔しないでくれないかな」

ベティルがムッとしたように言い、リオもムッとしたように言い返す。むむぅ、とベティルは唸り、後退った。リオの迫力に屈してしまったようだ。

「ふ、二人は本当に――」

「もちろん、付き合っているよ」

「そ、そうか。てっきり皇女で、いや、まあ、そういうことは人それぞれだからな」

ベティルはすごすごと退散した。人それぞれと言いながら大臀筋――お尻の筋肉に力を入れている。誤解は解けなくてもいいが、今の良好な関係を続けられればと思う。

「人の恋路を邪魔するつもりはないが……」

レオンハルトは言葉を句切り、女官に視線を向けた。女官はポッと顔を赤らめる。随分と態度が違う。クロノに対してはずっと澄ました態度を取り続けていたのに――。彼女は何処か慌てた様子で一礼するとその場を立ち去った。

「少しは場を弁えるべきではないかね」

「分かってるさ」

レオンハルトの言葉にリオはクロノから離れた。不満そうに唇を尖らせているので納得はしていないようだ。そこが可愛いと思ってしまう。不意にレオンハルトがクロノに視線を向ける。じっとクロノを見つめ――。

「クロノ殿、顔色が悪いようだが？」

「最近、食欲が……。あと少し寝不足気味です」

「ふむ、よければ私が愛飲している香茶を届けさせるが？　鎮静効果があってね。気分が高ぶって眠れない時にこれを飲むと実によく眠れる」

「お気持ちだけで十分です」

「そうかね」

レオンハルトはしょんぼりした様子で言った。少しだけ罪悪感を刺激される。

「だが、気が変わったら言ってくれたまえ。私はいつでも待っているよ」

「お気遣いありがとうございます」

クロノは一礼し、タウルに歩み寄った。背筋を伸ばして敬礼をする。すると、タウルは背筋を伸ばして返礼してくれた。

「タウル殿、その節はありがとうございます。タウル殿が来てくれなければ全員、力尽きて死んでいたと思います」

「なに、礼には及びませんぞ。共に戦う仲間として当然のことをしただけですからな」

クロノが礼を言うと、タウルは笑った。何処か悲しげな笑みだ。部下の死に心を痛めてくれているのだろう。その時、騎士が顔を見合わせた。一方が口を開く。

「よろしいですか？」

「うむ、頼む」

ベティルが頷くと、騎士達は振り返って扉を押した。重々しい音と共に扉が開く。扉の向こうにあったのは広大な空間だった。真紅の絨毯が真っ直ぐに伸びている。

「行くぞ」

ベティルが歩き出し、レオンハルト、リオ、タウルの順で続く。クロノは最後尾だ。絨毯に足を乗せ、思わず引っ込める。それほど絨毯が柔らかかったのだ。二人の騎士が苦笑する。羞恥で頬が熱くなる。クロノは再び足を踏み出した。四人の後ろを歩きながら視線を巡らせる。謁見の間は第四街区のクロフォード邸がすっぽり収まるほど広かった。にもかかわらず、一直線に伸びる真紅の絨毯と玉座しかない。いや、玉座が乗っている台を含めれば三つか。殺風景な、ともすれば空虚にも感じられる。

しかし、床は鏡のように磨き上げられ、玉座はそれだけで一財産になるのではないかと思うほど精緻な細工が施されている。さらに絨毯の両側には宮廷貴族が並んでいる。見知った人物はいないが、服装を見ただけで要職に就いていると分かった。そのせいだろう。圧迫感を覚える。

クロノは前を見た。玉座の周囲には六人の男女がいた。左右にいるのは禿頭の老人と妙齢の女性だ。恐らく、禿頭の老人がアルコル宰相だろう。女性は――宰相に並び立てる人物がそうそういるとは思えないのでアルフォートの母親と考えるのが妥当か。ということは、残る四人は軍務局長、財務局長、尚書局長、宮内局長か。

アルフォートは玉座に深く腰を下ろし、引き攣った笑みを浮かべていた。この場で玉座に座らせているのだからアルフォートを新皇帝に据えるつもりなのだろう。兵士に恫喝されて怖じ気づき、篝火を見て脱糞する人物が新皇帝で大丈夫かと思ったが、中身を期待して担ぎ上げようとしている訳ではないか。

ベティルが立ち止まり、クロノ達も立ち止まる。レオンハルトとリオがベティルの左右に立ち、タウルがクロノの隣に立つ。ベティルが片膝を突き、他の三人もそれに倣う。クロノはやや遅れた。アルコル宰相が歩み出て、クロノ達を一瞥する。

「ベティル副軍団長、報告を」

「はッ、宰相閣下。我々は――」

アルコル宰相に促され、ベティルが今回の戦争について報告を始めた。おおよそ間違ったことは言っていないが、事実が歪曲されている。篝火を見て脱糞した件を省いたのは仕方がないとしても少し盛りすぎだ。話だけ聞くとアルフォートが優秀な軍団長だったみたいだ。根回しはしているにせよ、よく突っ込みが入らないものだと感心してしまう。

「――以上にございます」

「うむ、格別に功のあった者には恩賞を与えねばならんな」

ベティルが報告を終え、アルコル宰相がクロノに視線を向けた。

「……エラキス侯爵」

「はッ！」

アルコル宰相に呼ばれ、クロノは短く返事をした。

「此度の戦で殿を務めたお主の献身にアルフォート殿下はとても感謝しておられる。それは儂も、殿下の御母堂――ファーナ殿も同じだ」

アルコル宰相が目配せをすると、女性――ファーナが一歩前に出た。

「エラキス侯爵、息子の窮地を救って下さって感謝いたします」

「ありがたきお言葉」

クロノは膝を突いたまま一礼すると、アルコル宰相が再び口を開いた。

「その功績を称え、カド伯爵領を授ける」

「はッ、ありがたき幸せ」

クロノは再び一礼した。カド伯爵領は舞踏会に行く時に経由した領地の一つでエラキス侯爵領の西に位置する。箱馬車の窓から見た印象は小さな漁村が存在するだけの僻地というものだったが、海に隣接した領地は魅力的だ。魚介類を食べられるようになるし、港を作れば貿易ができるようになるかも知れない。

「さて、戦を終えたばかりだが……」

アルコル宰相の言葉にクロノは小さく頭を振った。いけない。新しい領地のことばかり考えていたが、まだ戦争は終わっていないのだ。あれだけの損害を出した直後なのですぐに出陣を命令されることはないと思うが——。

「この度、神聖アルゴ王国と講和条約が締結された」

一瞬、頭の中が真っ白に言った。


何ヲ、言ッテルンダ？


「皆も知っての通り、我が国と神聖アルゴ王国は国境付近で数え切れないほど小競り合いを繰り返してきた。此度の戦はそれに対する不快感を表明するものであった」

アルコル宰相は話を続けたが、クロノは混乱の渦中にあった。有り得ない。アルフォート達が帝国に帰還してから交渉を始めたとして二十日も経っていない。そんな短い期間で講和条約が結ばれるなんておかしい。不意に行軍二日目のことを思い出した。あの時、クロノは商人が簡単に東西街道を行き来できないようにすれば神聖アルゴ王国の国力を削げるのではないかと考えた。どうして、できることをしないのかとも。

戦争は地味な嫌がらせの積み重ねだ。他にも兵士の数を揃えたり、鍛錬したり、やるべきことは数え切れないほどある。にもかかわらず、一ヶ月程度の準備期間しか与えられなかった。積み重ねの要素がなさ過ぎた。だが、水面下で交渉が進められていたとしたら説明が付く。帝国は最初からマルカブの街を占領するつもりなどなかったのだ。首尾よくマルカブの街を占領したとしても撤退せざるを得ない状況を作り出していたに違いない。

アルコル宰相の目的は神聖アルゴ王国との講和であって泥沼の戦争ではなかったのだから。加えて、講和条約を締結させることでアルフォートが皇位を継ぐのに必要な実績までも作った。何もかも、この老人の思惑通りだった。

体が震えた。恐怖を押し殺して、罪悪感に蓋をして、部下を死なせたくない一心で戦った。それでも、力及ばず多くの部下を死なせた。その全てが盤上の出来事だった。クロノ達は自分が盤上の駒であることも知らずに必死に戦っていたのだ。

クロノは絨毯を握り締めた。あまりに強く力を込めたせいで爪が剥がれる。殺意が湧き上がる。殺そう、こいつらを殺そう。立ち上がろうとした次の瞬間、クロノは頭を押さえつけられた。タウルだった。タウルがクロノの頭を押さえつけていた。

「放し――」

「耐えるのだ。クロノ殿の命は自分だけのものではない」

「――ッ！」

激情に突き動かされるままに手を払いのけようとする。だが、タウルの言葉でいくばくかの冷静さを取り戻した。そうだ。クロノには待っている人がいる。激情のままに動いたら皆に迷惑が掛かる。

「え、エラキス侯爵、こ、今回の講和をどう思う？」

「――ッ！」

アルフォートが問い掛けてきた。無神経な言葉にさらなる殺意が湧き上がる。何故、そんなことを聞くのか。そもそもお前が撤退すると喚かなければ、もっと安全に撤退することができたのに――。ポタッと滴が絨毯に落ちる。それは血の涙だった。クロノは手の甲で血の涙を拭い、顔を上げた。必死に笑みを浮かべる。

「臣民は……アルフォート様の英断に感謝することでしょう。私の部下も平和の礎となれたことを誇らしく思っているに違いありません」

「そ、そうか。そ、それはよかった」

アルフォートはホッと息を吐いた。吐き気がした。茶番だ。こんな茶番のために部下は死んだのだ。平和の礎となれたことを誇らしく思っている――そんなはずがない。死にたくなかったはずだ。生きていたかったはずだ。あんな風に使い捨てられて、どうして誇れるというのか。クロノは頭を垂れ、肩を震わせた。

※

「エラキス侯爵ッ！」

「――ッ！」

大きな声が響き、クロノは我に返った。風が吹いている。冷たい風だ。何事かと風が吹いてくる方を見ると、白い軍服を着た男がいた。

「何でしょう？」

「屋敷に到着しましたが……」

クロノが問い掛けると、男は訝しげに眉根を寄せながら言った。男の背後を見る。確かに男の背後にはクロフォード邸があった。いつの間に戻ってきたのだろう。論功行賞の途中から記憶が曖昧だ。

「エラキス侯爵？」

「あ、すみません。今すぐ降ります」

クロノは箱馬車から降り、膝を屈しそうになった。男がクロノの腕を掴む。

「大丈夫ですか？」

「は、はい、大丈夫です」

クロノの言葉に男は訝しげな表情を浮かべた。だが、自分の仕事は終わったと考えたのだろう。一礼すると踵を返して自分の馬に乗った。ぼんやりと彼らを見送る。その時、背後からガチャという音が響いた。扉の開く音だ。振り返ると、アリデッドとデネブが出てくる所だった。

「「クロノ様、お帰りなさいみたいな！」」

二人は元気よく言い、クロノに抱きついてきた。受け止めきれずよろめく。

「論功行賞はどうだったみたいな？」

「ご褒美もらえたみたいな？」

「あ、うん、カド伯爵領をもらえたよ」

「「おお！　それはすごいしッ！」」

二人はクロノの前に回り込み、ハイタッチした。小気味のいい音が響く。

「きっと、皆も……レオやホルス、リザドも喜んでるみたいな」

「あたしらも頑張ってクロノ様を盛り立てていこうみたいな」

「――ッ！」

頭をぶん殴られたような衝撃を覚え、クロノは後退った。二人は喜んでいる。レオやホルス、リザド――皆の死が意味のあるものだったと。違う。違うのだ。あの戦争は茶番だった。クロノ達の戦いは無意味だった。戦いは盤上で始まり、盤上で終わった。だが、そんなことを言える訳がない。

「「ん？　どうしたのみたいな？」」

「い、いや、何でもないよ」

二人の問い掛けにクロノは上擦った声で答えた。くそッ、と心の中で悪態を吐く。この大根役者め、この程度のアドリブもできないのかと。

「むむ、ひょっとしてあたしらの忠誠を疑ってるみたいな？」

「これでも、あたしらの忠誠心は篤いし」

二人はちょっとだけムッとしたような表情を浮かべた。何故だろう。気分が悪い。胸がムカムカする。油断したら朝食のパンとスープを吐いてしまいそうだ。

「「あたしらはクロノ様のためなら……」」

クロノはさらに後退った。止めて欲しい。本当に止めて欲しい。吐きそうだ。頭を吹き飛ばされたレオ、焼き尽くされたエルフの女性、目を開けたまま死んだホルス、槍に貫かれながら走り抜けたリザドの姿——戦場で見た死の光景がフラッシュバックする。

「「死ねるしッ！」」

「——ッ！」

クロノは堪らず嘔吐した。ビシャビシャと吐瀉物を地面にぶちまける。二人の声が聞こえたような気がしたが、何を言っていたのか聞き取れなかった。

「クロノ様、どうしたのみたいな？」

「体調が悪いんならゆっくり休んだ方がいいし」

「――ッ！」

二人が近づいてくる。死の光景が再びフラッシュバックする。クロノは後退り、二人に背を向けて走り出した。いや、逃げ出したのだ。どうして、リザドが命を投げ打ったのかようやく理解できたような気がした。クロノのせいだ。世界人権宣言――きっと、リザドもアリデッドやデネブのように期待していたのだ。だから、命を投げ打った。

クロノは理想を掲げることを恐れていた。理想を掲げれば敵を作ることになる。そう考えていたからだ。だが、本当にそれだけだったのだろうか。本当は世界人権宣言の危険性に気付いていたからではないか。この世界はクロノがいた世界とは違う。だが、この世界が元の世界と同じような歴史を辿れば数百年後に世界人権宣言――人権思想は生まれるはずだ。クロノは遠い未来に生まれるはずだった思想を持ち込んだ。

クロノにとっては当たり前の知識だが、この世界で今まさに苦しんでいる者にとっては救いだ。我が身を犠牲にしても守りたいと思わせてしまう。死に誘ってしまう。それは毒だ。思考を侵す猛毒だ。それでクロノを守ってしまった。だが、命と引き替えにして守ったのは自分が盤上の駒であることに気付けなかった盆暗なのだ。

「父さん、無理だよ」

涙がこぼれた。養父は部下の死と向き合うことが大事だと言った。無理だ。死と向き合うことなんてできない。理想を掲げられない。成し遂げる能力もない。部下の死を――これ以上は一人だって受け止められない。

何処か遠くに行きたい。そんな思いが芽生える。いや、違うか。何処か遠くに行きたいのではない。誰も自分のことを知らない場所に行きたかった。ふとレイラの顔が脳裏を過ったが、小さく頭を振る。誰も自分のことを知らない所に行こう。

そう考えて城門を目指したが――肩が触れたみたいな理由でチンピラに絡まれ、ぼこぼこに殴られた上、路地裏に投げ捨てられた。財布まで盗まれた。誰も自分のことを知らない所に行くどころか、帝都から出ることさえできなかった。

自分の矮小さがおかしくて、クロノは笑った。こんな男のために部下は死んだのだ、と涙が止まらなかった。笑いながら泣いた。このまま寝転がっていれば死ねるだろうか、と空を見上げる。すると、浅黒い肌の少女がクロノを見下ろしていた。

目付きの悪い少女だった。年齢は十五歳くらいだろうか。髪は短く、ボディーラインはスマートだ。ぼろぼろの服を着ていることから裕福ではないと分かる。少女は跪くとクロノの懐を探り始めた。

「……財布はもう盗まれたよ」

「――ッ！」

少女はびくっと体を竦ませ、それから大きく息を吐いた。

「なんだ、生きてたのかよ」

「まあ、一応」

「ちッ、これに懲りたらこんな所をうろちょろするんじゃねーぞ」

少女は舌打ちしてクロノから離れた。どうでもいいが、クロノをぼこぼこにしたのが自分であるかのような台詞だ。少女は背を向けて歩き出し、すぐに戻ってきた。

「なあ、アンタ」

「クロノだよ」

「ふ～ん、クロノね。まあ、そんなことはどうでもいいんだけどよ。なんで、こんな所にぶっ倒れてるんだ？　その格好からすると貴族だろ？」

「誰も自分のことを知らない場所に行こうとして……」

「行こうとして？」

「チンピラに絡まれてボコられた挙げ句に路地裏に捨てられた。財布も盗まれました」

「駄目じゃん！　せめて、城門を出ようぜッ！」

少女は叫んだ。反論できない。仰る通りだ。

「でも、まあ、その気持ちは分からなくもねーぜ」

そう言って、少女は再び跪いた。

「……貴族にも色々あるんだな」

「貴族にも色々あるんだよ」

少女がぼやくように言い、クロノは同意した。

「で、そっちは？」

「あたしは孤児だよ。同情はしなくていいぜ。あたしみたいなガキは帝都を探せばいくらでもいるし、同情されたって何かが変わるって訳でもねーし」

少女は髪を掻き上げ、溜息を吐いた。

「財布を盗まれなければお金を渡せたんだけど」

「同情するなって言っただろ！　これでも、自分で食い扶持を稼いでるんだぞッ！」

「ごめん」

「わ、分かってくれりゃいいんだよ」

クロノが謝罪すると、少女は何処か照れ臭そうに言った。

「なあ？　なんで、誰も自分のことを知らない所に行きたかったんだ？」

「部下が死んだんだ」

「ふ～ん、部下が死んだってことは軍人なのか？」

「そうだよ」

「あのよ、それってアンタが気にするようなことなのか？」

「――ッ！」

頭の中が真っ白になった。気が付くと、クロノは体を起こし、少女の胸ぐらを掴んでいた。マズい。一瞬だけ冷静さが戻る。だが、止まれなかった。

「僕が殺したんだ！　何も考えずに、理想を……この世界に存在しない価値観を口にしたせいで部下が死んだんだ！」

クロノは叫び、少女から手を放した。

「……生き残った部下も僕のために死ねるって言うんだ」

「よく分からねーけど、やっぱりアンタが気にすることじゃないと思うんだよな」

少女は襟元を直しながら言った。

「別に、アンタは俺のために死ねって言った訳じゃないんだろ？」

「でも、僕は理想を口にして――」

「理想を耳にしたくらいで死ぬ馬鹿が何処にいるんだよ」

クロノの言葉を少女が遮る。分かってねーなと言いたげな口調だ。

「アンタの部下は自分の意思で行動したんだと思うぜ」

「でも、僕が理想を口にしなければ死ななかったかも知れない。今も生きてて、いつか結婚して、子どもが生まれて……生きていればそういう未来があったはずなんだ」

「……アンタ、そいつらのことが好きだったんだな」

少女がぽつりと呟き、クロノは心臓を鷲掴みにされたような衝撃を覚えた。思わず少女の顔を見る。彼女はきょとんとした顔をしていた。

「違うのか?」

「違わない。僕は……レオやホルス、リザドのことが好きだった」

「きっと、そいつらもアンタのことが好きだったんだよ」

少女の言葉は不思議とクロノの心に響いた。ふとレイラのことを思い出す。病院で彼女を引き留めた時、差別が許せないなんて考えていただろうか。いや、あの時はレイラを引き止めるのに必死だった。世界人権宣言はその口実に過ぎなかった。部下を取り巻く環境を少しでも変えられないかと思ったのも、ただ単に自分の好きな人が不当な扱いを受けることが嫌だったのだ。

涙がこぼれた。レオ、ホルス、リザドのことが好きだった。もう一度、会いたい。会って好きだと伝えたかった。死んでいった部下に会いたかった。けれど、彼らはいない。死んでしまったのだ。クロノは声を上げて泣いた。

※

どれくらい泣いていたのか。多分、かなり長い時間だろう。目元がひりひりするし、喉が痛い。だが、悪くない気分だった。

クロノが顔を上げると、少女は目を真っ赤にしていた。

「あたしはもらい泣きなんてしてねーからな！」

「分かってる」

少女が言い訳がましく言い、クロノは頷いた。目元を拭い、ゆっくりと立ち上がる。

「何て言えばいいのか、あたしは馬鹿だから思い付かねーけど、とにかくしっかりな」

「うん、ありがとう」

クロノは足を踏み出した。彼らのために何ができるのか。彼らの望みを叶えるために動くべきなのだろう。だが、彼らは逝ってしまった。望みを聞くことはできない。どうやって報いるのか自分なりに考えるしかない。多分、養父が言いたかったのはこういうことなのだろう。路地裏から出る寸前で足を止めて振り返る。少女はきょとんとした顔だ。

「そういえば君の名前は？」

「ヴェルナだよ」

「あと一つだけ聞きたいことが……」

「何だよ？」

「なんで、戻って来たのかなって」

「ああ、あれな。大したことじゃねぇんだけど……」

少女――ヴェルナは恥ずかしそうに顔を背けた。

「貴族ってヤツと話してみたくてよ」

「それで、感想は？」

「あ～、何か普通。普通の人間なんだって思った」

「そりゃそうだよ」

クロノは苦笑し、路地裏を出た。また会おうとは言わなかった。路地裏から出て、歩き始める。最初は体が痛くて仕方がなかったが、いつの間にかクロノは走り出していた。

体の奥から力が、熱が溢れ出す。薄汚れた街並みが美しく見える。据えた臭いを孕んだ

空気が新鮮に感じられた。この気持ちを誰かに伝えたかった。

熱に突き動かされるように走り続け、クロフォード邸に辿り着く。門の前ではアリデッドとデネブがしょぼくれた様子で突っ立っていた。

「アリデッド！　デネブッ！」

クロノが声を張り上げると、アリデッドとデネブはハッと顔を上げた。いつもなら駆け寄ってくるのにしょんぼりしたままだ。だから、クロノは自分から歩み寄った。

「……アリデッド、デネブ」

「クロノ様、ごめんなさい。あたしら、その……」

「クロノ様の気持ちを考えてなかったみたいな」

アリデッドがごにょごにょと呟き、デネブが引き継ぐ。今にも泣き出しそうだ。二人に心配を掛けてしまったらしい。つくづく自分は駄目なヤツだと思う。謝るべきだろうか。いや、先にするべきことがある。

「……アリデッド、デネブ」

「「――ッ！」」

アリデッドとデネブは息を呑んだ。クロノが二人を抱き締めたからだ。

「好きだ」

「お、おう、そんな真面目なテンションで言われると困るし」

「で、でも、わ、悪く……私も好きです！」

「なんて、あざとい！　でも、あたしも同意だし」

デネブが素で叫ぶと、アリデッドは顔を顰めた。だが、すぐに表情を和らげる。二人が抱き返してくる。ガチャ、と扉の開く音が響く。玄関を見る。すると、養父とマイラが出てくる所だった。

「父さん！　マイラッ！」

「「え⁉」」

クロノは叫び、アリデッドとデネブを押し退けた。二人が困惑したかのような声を上げるが、気にならない。この気持ちを伝えるのだ。

「好きだッ！」

激情に突き動かされて突進する。マイラがずいっと前に出る。養父を抱き締めようとしていたので思わずスピードが緩む。脇をすり抜けようとしたが、回り込まれた。仕方がなく抱き締める。感動にだろうか。マイラはぶるりと身を震わせ、抱き返してきた。

「これほど情熱的に抱き締められたのは二十年ぶりではないかと。坊ちゃまとは歳の差がありますが、求められたら私は拒む術を持ちません。ああ、旦那様、お許し下さい。マイラは弱い女です」

「情熱的に抱き締めてるのはお前に見えるんだが？」

「気のせいです」

養父が突っ込むが、マイラは即座に否定した。

「マイラ、放して」

「もう少し、もう少しだけ。ああ、あんなに頼りなかった坊ちゃまがこれほど素晴らしく成長するとは……育ててみるものですね」

マイラがぼそっと呟き、クロノは戦慄した。責め殺そうとしているとばかり思っていたが、まさかあれで育てているつもりだったとは。

「マイラ？　マイラさん？　そろそろ、放してくれませんか？」

「…………仕方がありませんねぇ」

マイラは渋々という感じで離れた。背中を向け、空を見上げる。記憶を反芻しているのだろうか。時折、ぶるりと身を震わせる。ちょっと怖い。クロノは小さく頭を振り、気を取り直して養父に突進した。

「父さん！　好き——」

「俺の尻はやらねぇって言っただろうがッ！」

養父は叫び、拳を振り下ろしてきた。ひぃッ！　と悲鳴を上げて避ける。避けられると考えていなかったのだろう。養父は意外そうに目を見開いた。

「よくも避けやがったな。少し傷付いちまったぞ」

「あ、すみません。もう抱きつかないんで、指を鳴らすのを止めて下さい」

養父が指を鳴らして近づいてきたので、クロノは後退りながら懇願した。

「遠慮するなって。丁度、体を動かしてぇと思ってた所だ」

「本当に勘弁して下さい。チンピラに殴られて体中が痛いんです。肋骨が折れているかも知れません。ごほ、ごほッ、急に息苦しく……」

「冗談なんだから、そんなに必死になるなって」

「そうなんだ」

養父がうんざりしたように言ったが、油断はしない。こちらの油断を誘う演技という可能性がまだ残っている。養父が手を下ろし、そこでクロノはホッと息を吐いた。

「ようやく向き合えるようになったみてぇだな」

「多分……でも、これからも考え続けるよ」

養父はクロノを見つめ、目を細めた。昔を懐かしんでいるかのような目だ。突然、養父はクロノの頭を掴み、左右に揺すった。ひょっとして頭を撫でているつもりだろうか。気持ちはありがたいが、首の骨がピンチだ。不意に養父は手を止めた。

「正直にいえば俺はお前が逃げ出すと思ってたぜ。お前は俺と違って繊細だし、部下を仲間だと思ってる節があったからよ。部下の死を受け止められねぇと思ってた」

「心配かけてごめん」

「謝ることじゃねぇよ。まあ、なんだ、俺はお前を見くびってたんだろうよ。どうもピーピー泣いてる印象が強くてよ。お前が成長するなんて欠片も思ってなかったぜ。ったく、世の中の親ってのは皆こうなのかね」

そう言って、養父は照れ臭そうに頭を掻いた。

「『欠片も思ってなかった』はひどくない？」

「仕方がねぇだろ。お前は甘っちょろい所があるんだからよ」

「う、うん、それは否定できない」

「お前の甘っちょろさは病気みてぇなもんだから余計に質が悪ぃ」

「病気⁉」

養父の言葉にアリデッドとデネブは後退った。二人に対する好感度が少し下がった。

「そういう意味じゃねーよ。こいつは俺らとは根本的に違う価値観で生きてるんだよ。人によっちゃ居心地がよく感じるし、こいつのために何かしてやろうと思うかも知れねぇ」

「『それの何処がいけないのみたいな？』」

「いけなくはねぇよ。ただ、当たり前だからやるのと当たり前にするためにやるのは違うって話だ。そこを勘違いしたら悲惨だぜ」

「『なるほど』」

アリデッドとデネブは合点がいったとばかりに頷いた。

「甘っちょろさで自分の首を絞めることもあるだろうよ。他人ばかりか、自分まで蝕んじまう。ほらな、病気みてぇだろ？」

「う〜ん、たとえが今一つみたいな」

「もうちょっと分かりやすくして欲しいし」

「上手く喩えられたと思うんだがな」

養父はバツが悪そうに頭を掻いた。

「で、『どっちだ？』って続けてぇ所だが、腹は決まってるみてぇだな」

「うん、まあ、色々と悩むと思うけど」

「いいんじゃねぇか。大それたことをしようってヤツはそれなりに悩むもんだ」

「父さんも？」

「そりゃ、俺だって――」

「旦那様は何も考えていないように見えましたが？」

「馬鹿、そりゃ、お前、あれだ、あれ……何も考えてねぇふりをしてたんだよ」

養父は言い訳がましく言った。一言多いメイドを持つと大変なようだ。

「とにかく、飯を食って、風呂に入って、それから酒を飲もうぜ」

「治療が先です」

養父が親指を立てて言うと、マイラは呆れたように溜息を吐いた。

※

「じゃ、父さん。お休み」

「おう、俺はもう少し飲んでから寝るぜ」

クロノは養父に挨拶をして食堂を出た。会話をしながらチビチビとワインを飲んだだけだが、ふわふわした気分だ。浮き立つような気分とはこういうことか。何にせよ、いい酒だった。また一緒に酒を飲みたいと思う。

階段を上り、自分の部屋に行く。ドアノブに手を伸ばし、そのまま動きを止める。何故だろう。いい予感がしない。そっと扉を開け、中を覗き込む。目が合った。何者かが中からクロノを見ていた。そっと扉を閉める。すると――。

「扉を閉めるとかありえないし！」

「リアクション・プリーズみたいな！」

「……リアクションって」

アリデッドとデネブが部屋から飛び出し、クロノは思わず呟いた。一体、どんなリアクションを期待されているのだろう。そっと扉を閉めただけでもかなり頑張った方な気がする。むしろ、誉めて欲しい。

「じゃ、僕は寝るから」

「「ちょっと待ったみたいな！」」

クロノが部屋に入ろうとすると、アリデッドとデネブが扉を押さえた。

「今日はこのまま気持ちよく寝たいんだけど……」

「クロノ様の気持ちはよく分かるみたいな。けど、新しいパンツを買ってきたデネブの心意気を蔑ろにするとは何事かみたいなッ！」

「ぎゃぁぁぁッ！」

アリデッドがくわッと目を見開き、デネブが叫び声を上げた。アリデッドがデネブのスカートを捲ったのだ。すぐに手を払い除ける。

「見たッ？」

「いや、見てないよ」

顔を真っ赤にするデネブに答える。嘘は吐いていない。残念ながら見えなかった。

「もちろん、あたしも新しいパンツを穿いてきてるし」

「だったら自分のパンツを見せるべきみたいな」

デネブは横目でアリデッドを見ながら呻くように言った。

「最近はちょっと性欲が減退気味で二人を相手にする自信が……」

「なんならご奉仕だけでもＯＫみたいな」

「それならお願いしようかな」

クロノはアリデッドの提案を受けることにした。いきなり３Ｐはハードルが高いと思っていたので渡りに船だ。無理だと判断すれば仕切り直せばいい。

「お先にどうぞ」

「お邪魔しますみたいな」

アリデッドとデネブが部屋に入り、クロノは廊下に誰もいないことを確認して扉を閉めた。振り返ると、二人は所在なさそうに佇んでいた。クロノはベッドに歩み寄り、腰を下ろした。アリデッドとデネブが近づいてくる。クロノの前で立ち止まり、メイド服に手を掛ける。思わず溜息を吐く。分かっていない。

「メイド服はそのままで」

「汚れるし」

「メイド服は、そのままで」

「……はい」

クロノが言い含めるように繰り返すと、アリデッドとデネブは頷いた。

「え～、これから二人にご奉仕をして頂く訳ですが――」

「改めて言われると照れるし」

「ちょっと胸がドキドキしてきたし」

アリデッドは両手で頬を挟み、デネブは胸に手を当てて言った。二人とも緊張しているようだ。新鮮な感じがして素晴らしい。

「まず、パンツを見せて下さい」

「……理由を聞きたいけど、仕方がないし。はい、どうぞみたいな」

「改めて言われると恥ずかしいみたいな」

アリデッドは勢いよく、デネブは躊躇いがちにスカートをたくし上げた。アリデッドはシンプルなデザイン、デネブはレースのショーツだった。ほう、と声を上げ、身を乗り出してデネブの下着を見る。恥ずかしいのだろう。デネブは内股気味になる。初々しい反応だ。思わず笑みが漏れる。

「デネブの心意気を分かってくれたみたいな？」

「よく分かった。ところで――」

クロノはデネブのお尻に手を這わせる。すると、デネブは小さく体を震わせた。

「何処で買ったの？」

「ピクス商会で、その、買いましたみたいな」

クロノが問い掛けると、デネブは小さく体を震わせながら言った。

「エラキス侯爵領？　それとも、帝都？」

「て、帝都ですみたいな」

「ふ～ん、何か言われなかった？」

「な、何も言われませんでしたみたいな」

「ちなみにあたしも帝都のピクス商会で買ったみたいな」

「シンプルなデザインだけど、その心は？」

クロノは体を起こし、アリデッドに視線を向けた。デネブがホッと息を吐く。

「何事もシンプルが一番みたいな。ところで、いつまでこうしてればみたいな？」

「それもそうだね。じゃ、そろそろご奉仕をお願いしようかな」

アリデッドに問い掛けられ、クロノは立ち上がってズボンを脱いだ。脱いだズボンを畳んでベッドの上に置き、座り直す。アリデッドとデネブはスカートから手を放し、じっとクロノの股間を見ている。恥ずかしいが、恥じらいは敵だ。

「二人とも床に座って」

「床に座れという指示にこだわりを感じるみたいな」

「もう少し普通なのがよかったみたいな」

二人とも思う所はあるようだが、素直に床に座り、膝立ちになった。指示を出すべきか悩んでいると、アリデッドが動いた。クロノに触れ、そっと動かす。

「性欲が減退してると言ってた割に元気みたいな」

「アリデッドのお陰かな」

「嬉しいことを言ってくれるみたいな。張り切ってご奉仕しちゃうし」

アリデッドは嬉しそうに言い、ご奉仕を開始した。手と舌によるサービスだ。お陰で完全に元気を取り戻すことができた。デネブは食い入るようにアリデッドのサービスを見つめている。しばらくしておずおずと口を開く。

「あ、あたしもサービスしたいし」

「これからがいい所なのに……。仕方がないし。譲ってあげるみたいな」

アリデッドは溜息交じりに言って場所を譲った。デネブは黙ってクロノを見つめていたが、意を決したように先程までアリデッドがいた場所に移動する。恐る恐るという感じでクロノに触れ、手を動かし始める。

「もう少し力を入れた方がいいみたいな」

「わ、分かってるし」

「今度は力を入れすぎみたいな」

「少しはあたしのやりたいように――」

「まあまあ、二人とも落ち着いて」

喧嘩になりそうだったので割って入る。こんな状態で喧嘩をされたら困る。

多分、暇なのがいけないのだろう。クロノは広めに脚を開く。

「今度は二人でね」

「妹と顔を突き合わせながらなんて照れ臭いみたいな」

「それはあたしも一緒だし」

デネブは不満そうだが、アリデッドは遠慮なく身を寄せてきた。再びご奉仕を始める。

「あと、次の準備もよろしく」

「『次の準備？』」

二人は手と舌を休め、可愛らしく小首を傾げた。だが、すぐに意味を理解したらしくハッと息を呑む。仕方がないし、とアリデッドが呟き、下半身に手を伸ばす。すると、デネブも渋々という感じで続いた。改めてご奉仕を再会する。深い満足感を覚える。不満を上げるとすればクロノの視点からだと準備している様子がよく見えないことだろうか。

「もう、いいかな」

「ご不満ですかみたいな？」

クロノが呟くと、アリデッドは顔を上げて問い返してきた。

「二人で向かい合うようにしてベッドに寝て。もちろん、パンツはそのままで」

「クロノ様はなかなかご奉仕のしがいがあるみたいな」

アリデッドはベッドに上がり、仰向けに寝そべった。

「ほら、デネブも来るみたいな」

「う、うん、分かったし」

デネブはおずおずとベッドに上がり、アリデッドに覆い被さった。

「やっぱり、妹と向かい合うのは照れ臭いし」

「うぐぐ、頭が沸騰しそうだし」

「二人とも準備はＯＫだね」

クロノは二人の下着を見ながら呟いた。ベッドに上がり、二人と距離を詰める。最初にデネブ、次にアリデッドのショーツの紐を引く。もちろん、片方だけだ。はらりとショーツの布地が捲れる。

「どっちにしようかな？　最初はアリデッドかな？」

「いつでもどうぞみたいな」

「やっぱり、デネブにしよう」

「――ッ！」

クロノは自分をデネブに突き立てた。びっくりしたのか、はたまた別の理由か。デネブは仰け反り、力なくアリデッドにのし掛かる。

「デネブ、重いし」

「そ、そんなに重くないし」

デネブが体を起こし、クロノはゆっくりと腰を動かし始めた。反応がない。こっちは反応してるんだけど、とスピードを速める。

「うむむ、妹が必死になって耐える姿を見るのは不思議な感じだし」

「わざわざ言わ――あうッ！」

デネブは声を上げ、両手で口を押さえた。アリデッドはニヤリと笑い、デネブの耳を撫で始めた。デネブがぶるりと身を震わせ、クロノはさらに動きを速めた。程なく限界に達してデネブは声を上げ始めた。それにしてもアリデッドは気付いていないのだろうか。次に攻められるのは自分であることに――。

※

帝国暦四三一年二月上旬――ガタガタという音が響く。馬車の音だ。この音は違う。そう思いながらもレイラは顔を上げた。荷馬車が目の前を通り過ぎる。やはり、クロノではなかった。最初から違うと感じていた。

にもかかわらず、落胆してしまうのは希望を抱いていたからだろう。クロノがハシェルを発ってから二ヶ月が経つ。最初は非番の日に城門に立っているだけだった。それが五日に一度になり、三日に一度になり――ミノが戻ってからは日課になった。

「……クロノ様」

レイラは小さく呟いた。ミノの話――レオ、ホルス、リザドの訃報とクロノの苦闘を思い出し、唇を噛み締める。クロノがそれほどの苦難に見舞われているのにどうして傍にいることさえできないのか。もちろん、理由は分かっている。クロノが決めたからだ。だが、それでも、どうしてという思いを消せない。どうして、傍にいられないのか。どうして、もっと食い下がらなかったのか。

どうして、クロノのことばかり考えてしまうのか。本当にどうしてばかりだ。クロノに勉強を教わって少しは賢くなったはずなのに『どうして』が増えていく。賢くなっているつもりで本当はますます馬鹿になっているのではないかという気さえしてくる。レイラは俯き、溜息を吐いた。不意に白いものが地面に舞い降りる。反射的に空を見上げ——。

「……雪」

思わず呟く。鉛色の空から雪が舞い降りてくる。軽く目を見開く。今年は雪が降らないと思っていたのに意外だった。空を見上げていると、目の前を箱馬車が通り過ぎた。どうせ、今度もクロノではない。そう考えて空を見上げていたのだが、箱馬車はゆっくりとスピードを落とし、やがて止まった。

ハッとして箱馬車を見ると、扉が開いた。鼓動が速まる。クロノがゆっくりと箱馬車から降りてくる。軍服を着て、マントを羽織っている。地面に降り立ち、レイラに視線を向ける。自分から歩み寄らなければ。お帰りなさいと言わなければ。それなのに歩み寄ることも、言葉を紡ぐこともできない。

クロノが立ち止まる。いつの間にか手を伸ばせば届く距離に立っていた。

「……レイラ」

「──ッ！」

名前を呼ばれ、息を呑んだ。ぶるりと身を震わせる。ただ名前を呼ばれただけでこんなにも嬉しい。自分はクロノの女なのだと痛感し、自分の浅ましさを呪う。

レオが、ホルスが、リザドが──戦地に赴いた仲間の四割が死んだのに自分はクロノが生きて帰ってきたことを喜んでいる。また抱いてもらえることを喜んでいる。これを浅ましいと言わずに何と言うのだろう。そして、その自己嫌悪の情はあまりに小さいのだ。

「……ただいま」

「お帰りなさい、クロノ様」

レイラは胸が詰まる思いで言葉を紡いだ。すると、クロノは歩み出て、レイラを抱き締めた。そっと気遣うような抱き方だ。抱き返し、目を細める。

「心配、していました」

「ごめ──」

「ブーブーッ！　いつまで抱き合ってるのみたいな！」

「雪も降ってるし、早く侯爵邸に戻りましょみたいな！」

クロノの言葉が遮られる。アリデッドとデネブの声だ。クロノが離れる。あ、と思わず声を漏らす。二ヶ月ぶりなのにと唇を尖らせる。

「二人とも先に戻って、皆を集めておいて！」

「「了解みたいな！」」

クロノが声を張り上げると、アリデッドとデネブは箱馬車に乗った。箱馬車がゆっくりと動き出し、アリデッドが窓から身を乗り出した。

「今夜も侯爵邸でホットな夜を過ごしましょうみたいな！」

「危ない！　危ないしッ！」

デネブがアリデッドを箱馬車に引き込んだ。それだけで二人、いや、三人の間に何が起きたのか分かる。覚悟の上で関係を望んだのだから仕方がない。

「す、少し歩こうか？」

「はい」

クロノが少しだけ上擦った声で言い、レイラは静かに頷いた。肩を並べて歩き出す。城門を潜り、元女将の店を通り過ぎた頃、クロノが肩に腕を回してきた。それだけで心臓が早鐘を打つ。浅ましいと思いながらも喜びを抑えられなかった。救貧院の前を、さらに広場を通り過ぎ――。

「……レイラに謝りたいことがあるんだ」

クロノがぽつりと呟いた。アリデッドとデネブのことが脳裏を過ったが、口調から別件だと察する。一体、何について謝りたいのだろう。

「僕の初陣を覚えてる？」

「……はい」

レイラは少し間を置いて答えた。あの時、クロノはわずか千の手勢で神聖アルゴ王国軍一万を撃退した。あの作戦の正否は分からない。だが、あの作戦を実行していなければ自分達は無残な屍を曝し、ハシェルは蹂躙されていたことだろう。結果だけを見ればクロノは正しかった。そして、戦場では結果が全てだ。

「あの時、僕は……」

クロノは言葉を詰まらせた。無言で歩を進め、意を決したように口を開いた。

「君達に、レイラに責任を押しつけようとしたんだ」

「………はい、分かっていました」

長い沈黙の末、レイラは何とか言葉を絞り出した。あの時、クロノは安堵にも似た表情を浮かべていた。何度もスラムで見た表情だ。あの表情は弱者が自分よりも弱いものを見つけた時の表情によく似ていた。

「ああ、またかと思いました。だから、謝ってしまえばいいと思ったんです」

「ごめん。でも、気付いてたんなら――」

「私は、浅ましい女です」

レイラはクロノの言葉を遮った。

「あの表情が嘘なのではないかと思うくらいクロノ様は優しくて……私はクロノ様の寵愛を失いたくなかったんです。それと……」

レイラは言葉に詰まった。これを口にするべきではないのではないか。これを口にしたら寵愛を失うのではないか。そんな思いが体を、心を縛る。

だが、と思う。クロノは隠しておきたいはずの事実を口にした。全てを告白した上で先に進もうとしている。ならば自分も向き合うべきだ。たとえ望まない未来がその先に待っていたとしても。レイラは意を決して口を開いた。

「クロノ様が罪悪感を抱いたままであれば長く寵愛を受けられると考え、あえてそのことに触れませんでした。申し訳、ございません」

レイラは立ち止まり、クロノの手を掴んだ。すると、クロノは立ち止まり、レイラに向き直った。罪悪感から顔を背けそうになるが、ぐっと堪える。

「信じて頂けないかも知れませんが、私の愛はクロノ様だけのものです」

「……レイラ」

クロノに名前を呼ばれ、レイラは体を強ばらせた。

「僕の愛は本物だと思う？」

「本物だと思います」

「僕もレイラの愛を本物だと思ってる」

そう言って、クロノはレイラを抱き寄せた。カーン、カーンという音が聞こえる。侯爵邸にある工房でゴルディ達が槌を打つ音だ。いつの間にか侯爵邸の近くにまで来ていたらしい。幸いというべきだろうか。ここならば人目を気にせずにすむ。

「レイラ、愛してるよ」

「私もクロノ様を愛しています。私の愛は貴方だけのものです」

愛を囁き合い、どちらからともなく唇を重ねた。

それは甘く、蕩けるようなキスだった。

※

クロノは階段を上り、その途中で振り返った。静寂に包まれた侯爵邸のエントランスホールには部下――ミノ、レイラ、アリデッド、デネブ、ゴルディ、シロ、ハイイロ、タイガ、ケイン、フェイ、女将、エレナ、シオン、アリッサが立っていた。

「……皆に伝えたいことがあるんだ」

クロノは静かに切り出した。そのつもりだったが、声は思っていたより大きく響いた。

「今回の戦争で僕達はレオ、ホルス、リザドを始めとする大勢の部下を失った。彼らの命と引き替えに本隊は無事に帝国に戻り、僕はカド伯爵を叙爵した」

誰も声を上げなかった。フェイでさえ陰鬱な表情を浮かべている。帝国が神聖アルゴ王国と講和条約を結んだことを伝えるべきかクロノは悩んだが――。

「帝国は神聖アルゴ王国と講和条約を結んだ」

アリデッドとデネブを除く、皆がざわめく。

「こんなに早く講和条約が成立するなんて――ッ！」

クロノと同じ結論に辿り着いたのだろう。ミノは息を呑んだ。

「なんてこった。これじゃ何のために戦ったのか分かりやせんぜ」

「どういうことでありますか？」

「要するに、お偉いさんの思惑通りだったってことだ」

フェイが不思議そうに首を傾げ、ケインが溜息交じりに呟く。

「それは、あんまりであります」

「ああ、ひでぇ話だ」

フェイが呻くように言うと、ケインは顔を顰めた。

「くッ、それではレオ殿が何のために……」

「ホルス、リザドも死んだ」

「俺達、悲しい」

タイガが口惜しげに喉を鳴らし、シロとハイイロは力なく尻尾を垂れた。

クロノは皆が落ち着くのを待って口を開いた。

「軍人は死ぬ。士官だろうと、兵士だろうと例外はない。でも、死は結果だ。死ぬことが軍人の役割だなんて思わない。もし、軍人の役割が死ぬことだと言うヤツがいるんなら僕の答えは一つだ。ふざけるな。僕らは駒じゃない。人間だ。それを使い潰す以上、通すべき筋も、守るべき信義もあるはずだ。けど、帝国は筋を通さなかった。信義を欠いた」

クロノはそこで言葉を句切った。

「僕は帝国が嫌いだ。亜人だから、平民だから、そんな理由で僕の大切な人達を蔑ろにする帝国を許せない。奴隷制度も好きになれない。けど、帝国を壊したい訳じゃない。だから、僕はこの国を変える。変えてやろうと思う。亜人も、平民も、貴族も分け隔てない同じだけの価値と意味を持つ国にしてやろうと思う」

クロノが決意を口にすると、静寂がエントランスホールを包んだ。世界人権宣言について知る者——ミノ、レイラ、アリデッド、デネブ、ゴルディ、シロ、ハイイロ、タイガは興奮気味だが、知らない者——ケイン、フェイ、女将、エレナ、シオン、アリッサは困惑しているようだった。静寂を破ったのはケインだった。

「正気、いや、本気かよ」

「本気だよ」

ケインが困惑しているかのように言い、クロノは苦笑した。次に口を開いたのはエレナだった。難しそうに眉根を寄せている。

「帝国を変えるって言うけど、どうやって変えるのよ？」

「基本路線はそのままだよ。まずは自分の領地を農業改革と交易で豊かにする」

「そう、ちょっとだけ安心したわ」

「僕の領地が豊かじゃないと誰も話を聞いてくれないだろうからね。あとは産業の活性化だね。産業が活性化すれば雇用が生まれるし、生活の基盤を安定させれば平民……これは亜人も含めてだけど、地位は自然と向上していく思う」

「そう言われると、簡単にできちまいそうな気がするね」

女将は腕を組み、何度か頷いた。

「言うは易しって言葉を知ってる？」

「それくらい知ってるよ」

エレナの皮肉に女将はムッとしたような表情を浮かべた。

「いくら頑張(がんば)っても一地方領主の力で帝国を変えられる訳ないわ。この国を変えるんなら皇帝(こうてい)にならないと」

「うん、皇帝を目指すのもありだと思う」

「——ッ！」

エレナは息を呑(の)んだ。皆も驚(おどろ)いたような表情を浮かべている。当然か。皇位継承権(けいしょうけん)のないクロノが皇帝になる方法は限られている。反逆と取られてもおかしくない。

「僕の目的を達成するために皇帝にならなきゃいけないんならそうするよ」

「皇帝も通過点ってことね」

「まあ、そうだね」

エレナが顔を顰めて言い、クロノは同意した。

「僕はこれから色々な手を打っていく。その中には戦争に参加して功績を積むことも含まれる。その途中で犠牲(ぎせい)になる者も出ると思う。その上で身の振り方を決めて欲(ほ)しい」

再びエントランスホールが静寂に包まれる。困惑のためではない。

共に歩めるか？　とクロノが問い掛けていることを理解したからだ。

「私の身命はすでにクロノ様に捧げています」

「約束通り、地獄までお供しやすぜ」

レイラが跪き、ミノが後に続く。

「難しいことは分からないでござるが、拙者はレオ殿の遺志を継ぐ所存にござる」

「領地を豊かにということなら私の力が必要ですな」

「「俺達、クロノ様と一緒」」

タイガが、ゴルディが、シロとハイイロが跪く。

「出遅れたし！」

「うう、格好悪いみたいな」

アリデッドとデネブが慌てふためいた様子でその場に跪いた。

「さらに出遅れたであります！」

フェイはジャンプしてその場に跪き、ケインを見上げた。

「ケイン殿は跪かないでありますか？」

「俺としちゃお前が跪く方が意外なんだが……」

「クロノ様が出世すれば私達も出世するでありますよ」

むふー、とフェイは鼻息も荒く言った。簡単な理屈だと言わんばかりの口調だ。

「難しく考えすぎてたのかも知れねぇな」

「何処に難しい要素があるのでありますか？」

「いや、こっちのことだ。考えてみりゃ俺はクロノ様に命を救われてる訳だしな。仕方がねぇ。最後までクロノ様に付き合うとするか」

ケインは頭を掻き、片膝を突いた。エレナ達は、とクロノは視線を動かす。すると、アリッサが両膝を突く所だった。

「そんな簡単に従うって決めちまっていいのかい？」

「旦那様に救われた命ですから」

女将が呆れたように言うと、アリッサは困ったように笑った。

「それに、旦那様に尽くすと決めましたので。シェーラはどうするのですか？」

「あたし、あたしは……。アンタはどうするんだい？」

「なんで、あたしに振るのよ？」

女将は口籠もり、エレナに尋ねた。すると、エレナは拗ねたような口調で問い返した。

「参考までに意見を聞いておこうと思ったんだよ」

「あたしの答えなんて決まってるわよ」

そう言って、エレナは両膝を突いた。女将が驚いたように目を見開く。

「何を驚いてるのよ。あたしはクロノ様の奴隷なんだから従うしかないじゃない」

「そうかい？」

女将は訝しげな表情を浮かべた。

「クロノ様の奴隷じゃなくなったら身を守れないもの」

「ああ、そういうことかい」

女将は頷いたが、今一つ納得していないようだ。無理もない。彼女はエレナが舞踏会で元婚約者を殺そうとしたことを知らないのだから。恐らく、エレナの生存は彼女の叔父にも伝わっていることだろう。刺客を差し向けてくる可能性は高くないと思うが、エレナの立場からすれば警戒して当然なのだ。

「で、アンタはどうするのよ？」

「あたしかい？」

ん～、と女将は腕を組んで唸った。や・く・そ・く、とクロノは口を動かした。羞恥心からか、女将の顔が真っ赤になる。

「う、うん、あ、あたしは借金を返すまでだね。借金を返すまで」

「顔が赤いわよ？」

「ここが暑いんだよ！」

女将は声を荒らげ、両膝を突いた。最後にシオンが残る。よくよく考えてみれば彼女は呼ばなくてもよかったような気がする。シオンは周囲を見回し、おずおずと跪いた。

「いいの？」

「え、はい、その、クロノ様は黄土にして豊穣を司る母神の教義に反している訳ではないので。協力しても問題ないと思います。あくまで個人の見解ですけど……」

クロノが尋ねると、シオンはごにょごにょと呟いた。

「そんなこと言って寄付金が目当てなんでしょ？」

「そ、そんなことはないです」

「ふん、どうだか」

「まあまあ、個人の見解でも協力してくれるなら嬉しいよ」

エレナが鼻を鳴らし、クロノは割って入った。健康食品のＣＭみたいだと思ったが、協力してもらえるのはありがたい。クロノは咳払いし、部下を見つめた。

「これから始めるのは先の見えない戦いだ。どれくらい労力を費やせばいいのかも、どれほどの犠牲を積み上げればいいのか見当もつかない。報われるかだって分からない。神の加護だって期待できない」

ないない尽くしの戦いだ。しかも、敵は実体を持たない。人々の価値観を変え、社会を変えていく。これはそういう戦いだ。

「それでも、戦う価値はあると信じてる」

クロノは静かに告げた。

幕間　宣言のその後で

クロノはレイラの手を引き、侯爵邸の廊下を歩く。目的は自分の部屋だ。足早に歩いているが、レイラは黙って付いてくる。肩越しに背後を見ると、レイラは顔を真っ赤にしていた。クロノが何を考えているのか分からない訳ではなさそうだ。

自分の部屋に向かう目的は一つ――レイラと愛を確かめたい。いや、エッチをしたい。それだけだ。エントランスホールで世界人権宣言を目指すと口にしたばかりなのになんて駄目な男なのだろうとつくづく思う。だが、今は駄目でもいいと思った。後悔も、自己嫌悪も後にすればいいのだ。

クロノは自分の部屋に駆け込み、閉めた。振り返り、視線を巡らせる。当たり前といえば当たり前だが、誰もいない。ホッと息を吐き、レイラに向き直る。すると、柔らかな感触で唇を塞がれた。レイラが唇を重ねてきたのだ。さらに情熱的に舌を絡めてくる。余裕があればレイラの気持ちに応えられるのだが、今は余裕がない。その気持ちが伝わったのか。レイラが離れる。

「申し訳ありません。その、気が急(せ)いてしまって。すぐにベッドに——」

「いや、もう、このままで」

「あの、ほんの少し歩けばベッドで——」

「このままで」

「わ、分かりました」

クロノが言葉を遮(さえぎ)ると、レイラはおずおずとスカートに手を伸(の)ばした。その時間がもどかしく、気が付くとレイラを抱(だ)き締(し)めていた。舌を絡め、柔らかなお尻を鷲掴(わしづか)みにし、乱暴にスカートを捲(めく)り上(あ)げる。レイラから離れると、名残惜(なごりお)しそうに透明(とうめい)な橋が架(か)かる。ショーツの紐を引くと、途中で固結びみたいになってしまった。ぐッ、と呻く。余裕がないのに失敗するとは——。だが、布地をずらせる程度の余裕はできた。

「す、すぐに——」

「ごめん。もう無理」

クロノはズボンを脱ぎ、再びレイラと唇を重ねた。遠慮(えんりょ)がちに舌を絡めてくる。彼女のお尻を撫(な)で、そっと手を太股(ふともも)に持っていき、片脚(かたあし)を上げさせる。また距離を取る。ただし、今回は吐息(といき)の掛かる距離だ。

「レイラ、いいよね？」

「は、はい、お願いします」

クロノが自身を突き立てる。すると、レイラはいきなりおとがいを反らした。ぎゅっと締め付けてくる。堪えきれずに達してしまう。数秒、いや、もっとか。とにかく、わずかな時間、クロノとレイラは向かい合ったまま硬直していた。硬直が解け、レイラはクロノの首に手を回し、自身の体を支えた。

「……申し訳ありません。その、久しぶりにまぐわったせいか達してしまいました」

「僕も我慢できなかったよ」

クロノはレイラと見つめ合い、どちらからともなくキスをした。その後、ベッドに移動はせず、立ったままで一回、ベッドに行くまでに一回、ベッドで数え切れないくらい愛を確かめ合い――さらに翌朝、目を覚ましてからも愛を確かめ合った。

第四章『騎乗突撃』

帝国暦四三一年二月中旬――箱馬車の窓から風が吹き込んでくる。冷たく、凍てついた風だ。あまりの寒さに歯の根が合わない。ティリアは自分の体を抱き締めながら窓とその近くに座る人物――ケイロン伯爵を睨んだ。視線に気付いたのだろう。ケイロン伯爵がこちらに視線を向ける。だが、すぐに興味を失ったらしく窓に視線を向けた。

窓の外には白い制服に身を包んだ騎兵がいる。窓から見えるのは十騎程度だが、箱馬車を護衛する騎兵は百を超える。先遣隊を含めれば百五十に届くだろう。白い軍服は近衛騎士――軍の最エリートである証だ。彼らに護衛されている以上、旅の安全は半ば保証されたと言ってもいいだろう。まあ、通常ならば。

残念ながら今は通常とは言いがたい状況だ。ティリアはアルコル宰相の裏切りに遭い、三ヶ月余り城の主塔に幽閉されていた。このまま一生を終えるか、毒殺されるかするだろうと思っていたのだが、転地療養をしてもらうと言われて着替えさせられ、箱馬車に放り込まれた。しかも、護衛はケイロン伯爵の部下だ。楽観する訳にはいかない。むしろ、警戒すべきだ。それにしても――。

「……寒い」

ティリアが呟くと、ケイロン伯爵が再び視線を向けてきた。やはり、興味を失ったかのように窓から外の景色を眺めようとする。

「私は寒いと言ったぞ。窓を閉めろ」

「そんな痴女みたいな格好をしているからだよ」

「お前が寄越したドレスだぞ」

「何処の馬の骨とも分からない男に払い下げられる皇女殿下に相応しい格好をさせてあげようと思ったのさ。ボクの気遣いに感謝して欲しいね」

ティリアがムッとして言い返すと、ケイロン伯爵は小馬鹿にするように言った。

「払い下げられる？　転地療養じゃなかったのか？」

「転地療養なんて嘘に決まっているじゃないか。皇女殿下を帝都から放逐するための方便だよ。大体、自分の体調が悪くないことくらい皇女殿下が一番分かっているだろうに」

ぐぬ、とティリアは呻いた。

「私は、誰の嫁になるんだ？」

「嫁？　何を言ってるんだい？」

「払い下げられるとはそういう意味だろう？」

ティリアはムッとしながら問い返した。

「嫁ねぇ。精々、愛玩動物って所じゃないかな」

「ぐッ、もういい」

「そういえばボクとクロノが初めて結ばれた日について教えたかな？」

「だから、もういい！」

ティリアが声を荒らげると、ケイロン伯爵は軽く肩を竦めた。ふと表情を和らげる。悲しげな、いや、まるでティリアを憐れんでいるかのような表情だ。

「皇女殿下は可哀想だね。初めてをクロノに捧げられなくて。まあ、ボクは愛する人に初めてを捧げられてよかったよ。ああ、本当に、可哀想だね。初めてを愛する人に捧げられなかったばかりか、何処の馬の骨とも分からない男に奪われるんだから。うん、子どもができたら呼んでおくれよ。はは――痛ッ！」

ケイロン伯爵は首を竦めた。隣に座っていた少女がイスに立てかけていた剣を倒したのだ。眼鏡を掛けた少女で、白い軍服で起伏に乏しい体を包んでいる。髪は白みがかったブラウン、レンズの奥にある瞳は青い。ムッとしたような表情で本を読んでいる。

エリル・サルドメリク子爵――第十一近衛騎士団の団長だ。

「何をするんだい？」

「……嘘はよくない」

サルドメリク子爵はぼそぼそと呟いた。

「……この馬車の行き先はエラキス侯爵領」

「クロノの所か」

ティリアはホッと息を吐いた。

「どうして、教えてしまうんだい？」

「……貴方がそんなだから私がお目付役として選ばれた」

チェッ、とケイロン伯爵が舌打ちをする。

「でも、安心していていいのかな？」

「その手には乗らんぞ」

「やれやれ、クロノは今回の戦争で部下を失っているんだよ。以前と同じように皇女殿下に接してくれるかな？　ボクは無理だと思うよ」

「そ、それは……」

ティリアは口籠もった。幽閉されている間に戦争が起きたのは知っている。だが、それはアルコル宰相が主導したものだ。自分には関係ない。そう言いたいが――。

「皇女殿下がちゃんとしていればクロノの部下は死なずに済んだのにね」

「お前が裏切らなければ！」

「ボクが裏切らなくても誰かが裏切ってたさ。ねぇ、エリル？」

「……私に振らないで欲しい」

「君ならどうした？」

サルドメリク子爵が鬱陶しそうに言うが、ケイロン伯爵はしつこく食い下がった。

「……時と場合による」

「だってさ」

ケイロン伯爵はティリアに視線を向け、勝ち誇ったように言った。

※

カーン、カーンという音が鼓膜を刺激する。耳障りな音だ。無視しようと思ったが、耐えきれなくなって目を開ける。窓の外を見ると、庭園が広がっていた。荒れ放題の庭園だが、見覚えがある。そこでティリアはエラキス侯爵邸にいることに気付いた。ついでに自分が寝入っていたことにも。敵が目の前にいるのに迂闊すぎる。ケイロン伯爵を見る。すると、彼はニヤリと笑い、窓の外に視線を向けた。

ガクンと箱馬車が揺れる。スピードを落としたのだ。箱馬車は段階的にスピードを落とし、玄関の近くで止まった。幸いといえば幸いだった。何しろ、庭園にはティリアの知らない工房が建ち、大勢の人間がそこで働いていたのだ。

玄関近くまで来れば彼らに破廉恥な格好を曝さずに済む。サルドメリク子爵が本を閉じ、袋の中に入れる。貴族の所持品とは思えないほど薄汚れた袋だ。彼女は袋を背負うと、箱馬車の扉を開けた。寒風が吹き込み、肌が粟立つ。

「……到着」

「やれやれ、ずっと座っていたせいで体のあちこちが痛いよ」

サルドメリク子爵が箱馬車を降り、ケイロン伯爵も後に続く。

「ほら、早く降りなよ」

「分かっている」

ティリアはケイロン伯爵に言い返し、箱馬車を降りた。

「……寒い」

ティリアは自分の体を抱き締めて呟いた。だが、ケイロン伯爵はこちらを一瞥し、ふんと鼻を鳴らした。このまま凍えていろということか。

ガチャという音が響き、玄関の扉が開いた。出てきたのはメイドだった。侯爵邸で何度か顔を合わせた。確かアリッサという名前だったはずだ。彼女が扉を支え、クロノが出てきた。軍服を着て、マントを羽織っている。さらに首飾りを身に付けていた。動物の牙だろうか。もっとも、それ以上のことは分からないが――。

ティリアは顔を背けた。まさか、こんな格好で再会することになるとは思わなかった。

「クロノ、会いたかったよ」

猫撫で声が響く。ケイロン伯爵の声だ。チラリとケイロン伯爵を見る。彼は軽やかな足取りでクロノに歩み寄り、腕を絡めた。ハッと息を呑む。クロノは満更でもなさそうな顔をしていた。ショックだった。軍学校での日々や舞踏会で一緒に踊ったことは無意味だと言われているようでムカムカした。

クロノはケイロン伯爵と腕を組んだまま近づいてきた。思わず後退る。クロノの纏う雰囲気が以前のそれとはまるで違っていたからだ。死線を潜り抜けることで人間的に成長したのだろう。自分はどうか。いや、問うまでもない。ティリアは成長していない。何処かで成長が止まってしまった。だから、裏切られたのだ。

「……ティリア」

「な、何だ？」

ティリアが上擦った声で言うと、クロノは不思議そうに問い返してきた。全身がカッとなる。羞恥心にではなく、怒りにだ。

「寒くないの？」

「寒いに決まっているだろ！　さっさとマントを貸せッ！」

「分かったよ」

リオ、とクロノが目配せをする。すると、ケイロン伯爵は仕方がないな～というような表情を浮かべてクロノから離れた。あの男が素直に従うなんて、信じられない光景だ。

「旦那様……」

「よろしく」

アリッサが声を掛け、クロノは短く応じた。彼女の手を借りてマントを脱ぐ。

「ちゃんと返してね」

「私を何だと思ってるんだ」

ティリアはマントを手に取り、羽織った。温かい。ホッと息を吐く。

「そんなドレス着なきゃいいのに……」

「私が好きでこんなドレスを着ていると思っているのかッ？」

ティリアはマントで胸元を隠しながら言った。クロノがじっと胸元を見ていたからだ。

「皇女殿下は好きで着ているのさ」

「お前は黙ってろ！」

「あ～、怖い怖い。皇女殿下が敵意を剥き出しにしているよ」

ティリアが怒鳴りつけると、ケイロン伯爵はクロノの陰に隠れた。肩越しにこちらを見て、ニヤリと笑う。

「二人とも喧嘩は止めなよ」

「私が悪いのか!?」

思わず声を荒らげる。どう見ても悪いのはケイロン伯爵だ。だというのに――。

「……もう帰れ」

「それがここまで細心の注意を払って送り届けた忠臣に対する言葉かい？」

「まあまあ、二人とも落ち着いて」

クロノは再び割って入る。ぐぬ、とティリアは呻いた。どうして、クロノは自分の味方をしてくれないのか。自分達は友達ではなかったのか。

「帰った方がいいかい？」

「護衛の任務で疲れているだろうし、ゆっくりしていってよ」

クロノは視線を巡らせた。庭園には騎兵がいる。

「宿の手配はこっちでやっとくから」

「流石、クロノ」

クロノの言葉に安心したのだろう。騎兵達はホッと息を吐いた。ケイロン伯爵は嬉しそうに言って、クロノの腕に抱きついた。ぐぬ、とティリアは呻いた。もしかして、最初からこれを狙っていたのだろうか。

「そういえば近衛騎士団の団長がもう一人いるって聞いてたんだけど……」

「ああ、エリルのことだね。エリル？」

クロノとケイロン伯爵が周囲を見回す。だが、サルドメリク子爵の姿はない。

「ああ、いたいた。あそこだ」

ケイロン伯爵がサルドメリク子爵を指差す。彼女はすのこ――正確にいえばそこに貼り付けられた紙を見ている。どうやら見知らぬ建物は紙を作る工房だったようだ。

クロノとケイロン伯爵がサルドメリク子爵の下に向かう。アリッサが影のようにクロノに付き従い、ティリアも仕方がなく後に続いた。クロノ達はサルドメリク子爵の背後で立ち止まった。ケイロン伯爵が目を細める。

「紙を作ってるのかい？」

「うん、雇用創出のためにね」

「随分と大きな紙だね」

ケイロン伯爵はしげしげとすのこに貼り付けられた紙を見つめた。紙は一辺が一メートルほどの正方形だ。使い勝手が悪そうだ。

「商会に卸す時は十六分割してるよ。注文があればもっと大きなサイズにするけどね」

「……いくら」

サルドメリク子爵がぼそっと呟く。ん？　とクロノが首を傾げる。すると、サルドメリク子爵はクロノに向き直った。目が輝いている。

「……紙の値段」

「ああ、紙の値段ね。一枚……えっと十六分割したサイズだけど、真鍮貨一枚だよ」

「――ッ！」

サルドメリク子爵は息を呑み、いそいそと革袋を取り出した。革袋を逆さに振ると、真鍮貨がこぼれ落ちた。全部で――二十枚ほどだろうか。

「……これで買えるだけ売って欲しい」

う～ん、とクロノは唸った。卸値で取引していいのか考えているのだろう。

「まあ、いいか。ゴルディ！」

「何ですかな？」

クロノが声を張り上げると、ゴルディが駆け寄ってきた。

「この子が——」

「エリル・サルドメリク」

サルドメリク子爵がぼそっと呟く。ん？　とクロノはサルドメリク子爵を見た。

「……私はエリル・サルドメリク」

子爵、とサルドメリク子爵は思い出したように付け加えた。

「エリルが紙を売って欲しいそうなんだけど……」

「構いませんぞ。では、取りに行ってくるので——」

「……大丈夫。待っている」

ゴルディは破顔し、紙を作っている工房に入っていった。不意に風が吹いた。ティリアはくしゃみをし、ぶるりと身を震わせた。アリッサが静かに口を開く。

「旦那様……」

「アリッサ、ティリアを部屋に案内してあげて」

「承知いたしました」

アリッサは恭しく一礼し、ティリアに歩み寄った。

「皇女殿下、改めまして。侯爵邸でメイド長を務めております、アリッサと申します」

「うむ、知っている」

「ありがたく存じます。このたび皇女殿下付きのメイドに任じられました。不調法な身ですが、精一杯務めさせて頂きますので、何卒よろしくお願いいたします」

そう言って、アリッサは恭しく頭を下げた。

※

「こちらが皇女殿下のお部屋になります」

アリッサが扉を開け、ティリアは部屋に入った。部屋の中央付近で立ち止まり、視線を巡らせる。去年、侯爵邸に滞在していた時に使っていた部屋だ。天蓋付きのベッドと化粧台、クローゼット、机、イスが据え付けられている。

「……今日からここが私の部屋か」

ティリアはぽつりと呟いた。化粧台の鏡を見て、卒倒しそうになった。自分で思っていた以上に破廉恥な格好をしていたのだ。ドレスというよりも幅のある布だ。肩から伸びた布が乳房を経由し、へその下で一つになっている。さらにその先でスカート状になっているのだが、スリットが際どすぎる。ショーツの紐より高い位置までスリットが伸びている。

もっといえば生地が透けている。胸の頂きがツンと尖っているのが分かるほどだ。痴女――ケイロン伯爵の言葉が脳裏を過り、ティリアは打ちのめされた。尊厳を破壊された。道理でクロノがじっと見ていたはずだ。こんなドレス着ていられるか、とクローゼットを乱暴に開け、大きく目を見開く。ティリアの軍服が吊されていたのだ。いつの間に運び込んだのだろう。おずおずと手を伸ばす。指先が軍服に触れる。夢じゃない。そっと軍服を取り出す。鼻の奥がツンとして涙がこぼれた。ああ、と声を上げ、軍服を抱き締める。生き別れた恋人に出会ったような気分だ。

「……私の服だ」

軍服を渡された時のことを思い出す。あの時は特別扱いされることが嫌だった。白い軍服は近衛騎士の証だ。皇族というだけで彼らの努力を踏みにじるような真似をしていいのかとさえ思った。だが、拒むこともできなかった。

だから、こう考えたのだ。この軍服に相応しい人間になろうと。そう考えると、この軍服が悪くないように思えた。いつか誇らしい気持ちで纏えるようになりたい。けれど、自分は失敗してしまった。一体、何が悪かったのだろう。

※

ティリアが食堂に入ると、クロノ、ケイロン伯爵、サルドメリク子爵の三人はテーブルを囲んで香茶を楽しんでいた。私が泣いていたのに、と怒りが込み上げる。何とか怒りを呑み込み、クロノの隣に座る。

「あれ？　アリッサは？」

「仕事だそうだ」

平静を装いつつ答えると、対面の席に座っていたケイロン伯爵がニヤリと笑った。

「ドレスはもういいのかい？」

「いつまでもあんな格好をしていられるか」

ケイロン伯爵が揶揄するように言い、ティリアはムッとして言い返した。よくもあんな破廉恥なドレスをと睨み付けるが、ケイロン伯爵は何処吹く風だ。何とかしてこの男に仕返しすることはできないだろうか。

そんなことを考えていると、ガチャという音が響いた。音のした方を見る。すると、食堂と厨房を繋ぐ通路から女将が出てくる所だった。銀色のトレイを手に持っている。まだこちらに気付いていないようだ。

「お待ちどお――なんだ、姫様じゃないか」

「なんだとは何だ」

ティリアは言い返したが、女将は無視してトレイをテーブルに置いた。トレイの上にあったのはスライスしたパンだ。パンの上にはとろとろのチーズが乗っている。

「手抜きだな」

「そりゃ、夕食を作ってる最中なんだから手を抜くに決まってるだろ」

ティリアが小さく呟くと、女将はムッとしたように言った。サルドメリク子爵はパンを手に取ると、一気に頬張った。もぐもぐと口を動かし、パンを呑み込む。

「……美味しい」

「嬉しいことを言ってくれるねぇ」

サルドメリク子爵が口元を綻ばせて言うと、女将は嬉しそうに笑った。

「それに比べて……」

「何だ、その目は？」

「何でもないよ、何でも」

は～、と女将はこれ見よがしに溜息を吐いた。ティリアは女将を見つめ――。

「長袖を着ることにしたのか？」

「こ、これは――ッ！」

女将は胸を庇うように両腕を交差させた。視線はティリアの背後にいるクロノに向けられている。視線に気付いているのか気付いていないのか、クロノはパンに齧りつき、幸せそうに顔を綻ばせる。女将がおずおずと口を開く。

「ど、どうだい？」

「うん、美味しいよ」

「そ、そうかい」

クロノが幸せそうな表情を浮かべたまま言うと、女将は照れ臭そうに頬を搔いた。二人の間に名状しがたい空気が漂っているのを感じる。一体、二人の間に何が——。

「そういえば……」

ケイロン伯爵はパンに手を伸ばし、思い出したように言った。

「約束は守ってもらえたのかい？」

「な——ッ！」

女将が驚いたように目を見開き、ケイロン伯爵を見る。クロノはパンを食べ——。

「まだだよ。そろそろ、約束を守って欲しいんだけどな～」

「そ、それは……。もう少し待っとくれよ」

女将がごにょごにょと言い、ケイロン伯爵はパンを手に取った。

※

夜――。

「皇女殿下、お休みなさいませ」

「うむ、今日はご苦労だった。明日もよろしく頼むぞ」

「承知いたしました。それでは、失礼いたします」

アリッサは恭しく一礼すると扉を閉めた。ティリアは踵を返し、ベッドに向かう。湯浴みをしたせいか。それとも女将の料理でくちくなったせいか。足元がふわふわする。ベッドに上がり、布団に潜り込む。

「……疲れたな」

天蓋を見上げ、ぽつりと呟く。ああ、疲れていたんだな、と自分の言葉に納得する。主塔に幽閉されて以来、気を張り続けていたように思う。限界だったのだろう。だから、箱馬車で寝入ってしまったのだ。

「それにしても……どうして、アルコルは私を殺さなかったんだ？」

アルフォートを次期皇帝に据えるつもりならティリアを殺した方が楽なはずだ。それなのに殺さずにクロノの下に送り届けるなんて何を考えているのだろう。

クロノが交渉したのか。いや、それはないか。クロノは一領主に過ぎない。将来は南辺境の領地も引き継ぐが、それでも大貴族とは言えない。南辺境の領主と関係を強化するため、いや、これもないか。関係を強化したいのならティリアとアルコルが友好的な関係でなければならない。だとすると――。

「……アルフォートが暴走した時の備えか」

ティリアは溜息を吐いた。これが一番しっくりくるような気がする。そんなことをするくらいなら宰相として自分を支えてくれればよかったのにと考え、再び溜息を吐く。

今更言っても仕方がない。もう寝よう、とティリアは目を閉じた。やはり、疲れていたのだろう。すぐに睡魔に襲われた。意識がゆっくりと遠ざかり――ガバッとティリアは体を起こした。待て待て、と思わず呟く。今のはティリアの想像だ。何の証拠もない。

ケイロン伯爵が言っていたように愛玩動物として払い下げられた可能性だってゼロではないのだ。むしろ、こちらの方があり得るのではないか。第一皇位継承者だったティリアが成り上がり者の新貴族に進んで体を開き、快楽を貪っている。そんな噂を立てるだけでティリアの求心力は下がる。

旧貴族が傅くのは高貴な血を持つとされる誰かであって、ティリアではない。さらにいえば連中は自分の利益を優先する。『聖騎士』の異名を持つレオンハルトですら助けてくれなかったのだ。

「クッ、まさか尊厳を破壊しにくるとは……」

なんて恐ろしいことを、ティリアは呻いた。今にして思えばあのドレスも尊厳破壊の一環だったのではないかという気がしてくる。

「いや、待て。相手はクロノだ。まさか、クロノが――ぐぬッ！」

クロノが胸をじっと見ていたことを思い出し、ティリアは呻いた。よくよく思い出してみればクロノはハーフエルフと女将だけでは飽き足らず、男であるケイロン伯爵にまで手を出す淫獣なのだ。そんな男を信用できるだろうか。いや、そんな男でも幾ばくかの人間性は残されているはずだ。傷心の友達に手を出すなんて――。

ああ！　とティリアは頭を抱えた。友達は永遠を意味しないと格好を付けたことを思い出したからだ。なんてことだ。知らず知らずの内に淫獣に免罪符を与えてしまった。気を緩めたが最後、淫獣の本能を剥き出しにして襲い掛かってくるに違いない。

ティリアは視線を巡らせた。どんな風に襲い掛かってくるつもりだろう。夜中に忍んでくるか。それとも、あの時のように全裸で襲い掛かってくるつもりか。抵抗できるだろうか。あの時は為す術もなく拘束された。

「きっと、今度は最後まで……」

ティリアは生唾を呑み込み、我が身を抱き締めた。恐ろしい。人畜無害だと思っていた動物が実は毒を持っていたと知らされたような気分だ。もうクロノに襲われる未来しか残されていないのだろうか。いや、と頭を振る。もし、仮にそうだとしても自分はラマル五世の娘――ティリア・ユースティティア・モーリ＝ケフェウスだ。アルコルに裏切られて何もかも失ったとはいえ、その誇りまで失った訳ではない。そうだ。自分は最後まで気高くあるべきなのだ。覚悟は決まった。闘志が湧き上がってくる。

来るなら来い、とティリアはクロノを待つ。

待った。

待ち続けた。

そして――朝が来た。

「……え？」

ティリアは眠い目を擦り、窓を見た。カーテンの隙間から光が差し込んでいる。ごしごしと目を擦るが、光は消えない。

「お、おか、おかしいな」

クロノが淫獣の本性を剥き出しにして襲い掛かってくるんじゃなかったのか。覆い被さってきた所を睨み付けて気高さを見せつけてやるつもりだったのに――。その時、コンコンという音が響いた。扉を叩く音だ。いよいよか、とティリアは気を引き締める。

「入れ！」

「皇女殿下、おはようございます」

ティリアが声を張り上げると、扉が開いた。入ってきたのはアリッサだった。しずしずと化粧台に歩み寄り、立ち止まる。

「まずは洗顔を。その後、御髪を梳かせて頂きます」

「う、うむ、頼むぞ」

ティリアはベッドから下り、化粧台に向かった。寝不足のせいかふらふらした。

※

ふぁぁぁ、とティリアは欠伸を噛み殺しながら食堂に入った。すると、ケイロン伯爵がすでに席に着いていた。できるだけ目を合わせないようにして離れた席に座る。

「寝不足ならもう少し寝てきたらどうだい？」

「お前こそ寝不足気味なんじゃないか」

ティリアはチラリと視線を向ける。ケイロン伯爵の目は赤い。さらに気怠そうな雰囲気を漂わせている。寝不足としか考えられない。

「確かにちょっと寝不足気味だね」

軽く目を見開く。まさか、ケイロン伯爵が寝不足を認めるとは思わなかったのだ。

何か企んでいるのだろうか。

「昨夜は蚊がうるさくてね」

「蚊？　この季節にか？」

「そうさ。季節外れの蚊がうるさくて寝不足気味なのさ」

そう言って、ケイロン伯爵は首筋を掻いた。確かに首筋が赤くなっている。

「お前の血を吸うなんて奇特な蚊もいたものだな」

「そうだね」

再び目を見開く。何故、反論してこないのだろう。気分を害するどころか、憐れんでいるかのような表情を浮かべている。いや、勝ち誇っているのだろうか。分からない。首を傾げていると、目の前に料理が置かれた。パンとスープというシンプルなメニューだ。隣を見ると、女将が立っていた。

「姫様（ひめさま）、飯だよ」

「うむ、頂くとしよう」

ティリアは居住まいを正し、パンに手を伸（の）ばした。

※

ティリアが侯爵邸の廊下（ろうか）を歩いていると、前方からエルフとドワーフのメイドがやって来た。エルフのメイドは眼帯で片目を覆っている。ティリアに気付いたのだろう。二人は立ち止まり、壁際（かべぎわ）に寄った。

「皇女殿下、おはようございます！」

「おはようございます！」

「うむ、おはよう」

挨拶（あいさつ）を返しながら短期間でメイドらしくなったものだと感心する。ティリアは立ち止まり、エルフのメイドに視線を向けた。緊張からだろう。背筋を伸ばす。

「三階は誰が使っているんだ？」

「はッ、皇女殿下とクロノ様、リオ様の三人です」

エルフのメイドは声を張り上げた。

「二階は？」

「はッ、二階には使用人の部屋と我々の仮眠室があります」

「分かった。感謝する」

「はッ、失礼いたします」

エルフとドワーフのメイドは敬礼し、そそくさとその場を立ち去った。ティリアは侯爵邸の構造を思い浮かべた。どうやら、殆どの部屋が使われていないようだ。

時間を掛けたのに大した情報を得られなかった。いや、と頭を振る。こういう地道な努力が大事なのだ。いつかこの知識が役に立つはずだ。

「……暇になってしまったな」

中継ぎとして領主の仕事をしていた頃ならいざ知らず、今のティリアにはクロノの襲撃に備えることくらいしかやることがない。一応、敵——クロノについても情報を集めておくかと階段を上る。

ティリアは執務室の扉を開け、そのままの姿勢で動きを止めた。クロノがハーフエルフに羊皮紙を渡していたからだ。

「レイラ、卒業おめでとう」

「あ、ありがとうございます」

クロノが祝いの言葉を贈ると、ハーフエルフは感極まった様子で羊皮紙を抱き締めた。はて、卒業とは何のことだろう。首を傾げていると、クロノがこちらを見た。

「ティリア、どうかしたの？」

「お前こそ、何をしているんだ？」

「去年からレイラに勉強を教えてたんだけど、覚えがよすぎて教えることがなくなっちゃったんだよ。だから、卒業式をやっておこうと思って」

「なるほど……。それで、その羊皮紙は何だ？」

「卒業証書というか、これくらい学力がありますっていう証明書かな？」

「そんなものが必要なのか？」

「形にするのは大事だと思うよ。記念にもなるし、軍を辞めて再就職する時に領主が発行した証明書があれば雇用主も安心するでしょ？」


「クロノ、いるか？」

ティリアは少し間を置いて頷いた。あまり意識したことはなかったが、軍学校も同じ理屈で卒業生に士爵位を叙爵しているのだろう。

「ところで、何か仕事はないか？」

「ああ、それで来たんだ」

クロノはようやく合点がいったと言わんばかりに声を上げた。

「特にないかな。なんならシッターさんに聞いてみるけど？」

「いや、その必要はない。暇だったから仕事がないか聞いただけで、そこまで仕事がしたい訳じゃないからな。何だ、その顔は？」

「何でもないよ」

クロノは微妙な表情を浮かべて言った。苦虫を噛み潰したような表情――それを若干マイルドにしたような感じだ。

「ティリアはこれからどうするの？」

「これからとは将来という意味か？」

「今日の予定についてだよ」

ティリアが問い返すと、クロノは溜息交じりに言った。

「侯爵邸を散策するつもりだ」

「工房は危ないから近づかないようにね」

「うむ、分かった」

ティリアは頷き、執務室を後にした。

※

皆、成長しているのだな、とティリアは執務室の光景を思い出しながら侯爵邸内を散策する。それに比べて自分は、と憂鬱な気分になる。

エントランスホールを抜けて外に出ると、カーン、カーンという音が響いていた。工房で働くドワーフが槌を振るう音だ。紙を作る工房からは湯気が立ち上っている。しばらく見ない間に騒がしくなったものだというのが実感だ。

ん？　とティリアは立ち止まり、周囲を見回した。カッ、カッという何かをぶつけ合っているような音が聞こえたのだ。音のした方を見る。すると、花壇の近くでフェイと少年が木剣で打ち合っていた。

「……なかなかやるじゃないか」

ティリアは小さく呟いた。それは少年の剣技に対する評価ではない。フェイの指導に対する評価だ。残念ながら少年の剣技に注目すべき点はない。基礎は、まあ、できているというレベルだ。

少年は小刻みに体を動かしながら間合いを詰め、大きく足を踏み出した。予想できていたはずだが、フェイは無反応だ。少年が木剣を突き出し、それから動く。流れるような体捌きで攻撃を躱し、木剣を振り下ろす。

ティリアには気の抜けた攻撃にしか見えないが、少年にとっては違う。少年は必死の形相で木剣を受ける。カンッという音が響く。木剣がぶつかり合う音だ。少年はフェイの木剣を押し返そうとしたが、できない。

体格差はもちろん、技量の差がありすぎるのだ。くッ、と少年は口惜しそうに呻き、距離を取ろうとした。想定済みだったのだろう。少年が後退するのに合わせてフェイは木剣を突き出した。少年が驚いたように目を見開く。だが、驚くほどのことではない。真後ろに退けばこうなるに決まっている。だから、普通は横か、斜め後ろに退くのだ。

ここから巻き返す手はあるのか。期待して見ていると、少年はその場にしゃがんだ。攻撃を躱せないと判断したのだろう。無様だが、その思い切りのよさは評価したい。その姿勢から攻撃を繰り出す。地面を這うような横薙ぎの一撃だ。

　ほう、とティリアは声を漏らした。なかなか面白いことを考えるものだ。有効打になるか分からないが、あの体勢の少年に攻撃を当てるには距離を詰める必要がある。不意に攻撃のスピードが緩む。フェイが足で地面を蹴り、少年に砂を浴びせたのだ。

「あいッ！」

　少年が奇妙な悲鳴を上げる。見れば少年の指は地面と木剣に挟まれていた。フェイが木剣を踏み付けたのだ。

「師匠！　降参降参降参ッ！」

「根性なしでありますねぇ」

　少年が叫び、フェイは木剣から足をどけた。

「もう少し手加減してくれよ。指が折れるかと思ったぜ」

「十分すぎるくらい手加減しているでありますよ。下剋上を画策しているとはいえ一人きりの弟子でありますからね。逃げられたら指導力を疑われてしまうであります」

「師匠はいつも一言多いんだぜ」

　少年は立ち上がり、がっくりと頭を垂れた。ティリアはパチ、パチと手を打ち鳴らしながら二人に歩み寄った。

「これは皇女殿下。お久しぶりであります」

「へ～、この人が……」

フェイは背筋を伸ばして敬礼したが、少年は物珍しそうにティリアを見ている。

「頭が高いでありますよ」

「そんなことを言われても作法なんて分からねぇし」

フェイが咎めるように言うと、少年は拗ねたように唇を尖らせた。思わず苦笑する。

「構わん」

「よろしいのでありますか？」

「子どものやることにいちいち腹を立てていたら仕方がないしな。それに――」

「権力を失ったから普通に接してＯＫということでありますね」

「ぐぬッ！」

フェイがあっけらかんとした口調で言い、ティリアは呻いた。確かに皇位継承権と一緒に権力を失ったが、言い方というものがあるのではないだろうか。

「どうして、私が権力を失ったと知っているんだ？」

「リオ殿が吹聴していたからであります」

「ぐぬぬ、あの男――ッ！」

ティリアは歯軋りした。

「まあ、生きていればそういうこともあるであります」

「家が没落した師匠が言うと説得力が段違いなんだぜ」

「トニー、まだ没落してないであります」

フェイは少年――トニーに視線を向け、ぼそっと呟いた。

「師匠はただの騎兵隊員なんだから没落でいいんじゃねーの？」

「違うであります！」

「何処が？」

フェイが声を荒らげるが、トニーは不思議そうに首を傾げている。

「私はちゃんと働いてお給料をもらっているであります」

「そんな当たり前のことを堂々と言われても困るんだぜ」

トニーは深い溜息を吐いた。何故だろう。胸がチクチクする。

「大体、何を根拠に没落したと言っているのでありますか？」

「クロノ様の世話になってるじゃん」

「騎兵隊員用の宿舎が男性専用だったから仕方がなくであります」

「それは世話になり続ける理由にならないんだぜ」

「ぐッ、出て行けと言われていないからＯＫであります！」

「分かったよ。師匠の家は没落してない」

「分かればいいのであります、分かれば」

フェイは満足そうに頷いたが、トニーはうんざりしたような表情を浮かべている。

きっと、こうやって若者は世の中の理不尽さを学ぶのだろう。

「でも、没落してないならクロノ様の愛人を目指さなくてもいいんじゃねーの？」

「分かってないでありますね」

やれやれ、とフェイは小さく頭を振った。

「何が？」

「私はムリファイン家を再興するために愛人を目指しているのであります。今回、カド伯爵領を手に入れたことでクロノ様の領地は三つになるであります！」

「三つ？　二つじゃねーの？」

「将来、クロフォード男爵領を継ぐから三つでいいのであります！　クロフォード男爵領は帝国の南端ッ！　ということは愛人になれば私にも土地持ちの領主になるチャンスがあるということでありますッ!!」

「お前は子どもに何を教えているんだ。それと、下心はもう少し隠せ」

ティリアはフェイに突っ込んだ。

「トニーは……複雑な人生を歩んでいるのでOKであります」

「別に、俺は親に捨てられただけでそんな複雑な人生を歩んでる訳じゃないぜ」

トニーはぼやいたが、フェイは聞いていないようだ。

「でも、クロノ様って六人も愛人がいるんだろ？」

「六人⁉」

ティリアは思わず聞き返した。

「レイラ殿と女将、エレナ殿、アリデッド殿、デネブ殿、リオ殿でありますね」

「そ、そんなにいるのか」

フェイがこともなげに言い、ティリアはゴクリと喉を鳴らした。

一体、クロノの身に何が起きたのか。これでは本当に淫獣ではないか。

「正直、師匠には分が悪いと思うんだぜ」

「そこが弟子の浅はかな所でありますね。私はエレナ殿に付いて勉強中であります」

「へ～、どんな勉強をしてるんだ？」

「一緒に買い物に行ったり、食事をしたりしているであります」

「……」

トニーは押し黙った。気持ちは分かる。それの何処が勉強なのだろう。

「師匠、割り勘だよな？」

「もちろんであります」

「……それならいいんだぜ」

フェイの言葉を聞き、トニーはホッと息を吐いた。どうやら、彼はティリアとは別の心配をしていたようだ。それはそれとして割り勘とは何だろう。

「だから、もう勝ったも同然であります」

「そう上手くいくとは思えないけどな～」

「勝ったも同然であります！」

トニーが溜息交じりに言い、フェイは語気を強めて繰り返した。

「クロノ様の夜伽スケジュールも把握しているでありますからね」

「そんなものがあるのか⁉」

「リオ殿のせいでちょっと乱れてしまったでありますが、大丈夫であります」

「ケイロン伯爵？」

ティリアは小首を傾げ、ハッと息を呑んだ。ようやくケイロン伯爵が寝不足だった理由を理解できた。昨夜、彼はクロノと寝たのだ。

「おのれ、ケイロン伯爵！」

ぐぎぎ――ッ！　とティリアは呻いた。

※

夜――。

「皇女殿下、お休みなさいませ」

「うむ、今日もご苦労だった。明日もよろしく頼むぞ」

「承知いたしました。それでは、失礼いたします」

アリッサは恭しく一礼すると扉を閉めた。このままベッドで眠りたいが、ティリアは眠気を堪えて壁に耳を当てた。足音が聞こえるかと思ったが、残念ながら聞こえない。

神よ、と心の中で祈りを捧げ――。

「ぐぁッ！」

ティリアは短く叫んだ。神威術で強化された聴覚が轟音――アリッサの足音だ――を捉えてしまったのだ。慌てて扉から距離を取る。もちろん、聴覚の強化は中断した。中断しなければ自分の足音でのたうち回ることになっていただろう。

ティリアは手で耳を押さえ、再び神威術で聴覚を強化した。今度は大丈夫そうだ。そっいるのだろう。
と扉に耳を当てた。足音が遠ざかっていく。不意に音質が変わる。恐らく、階段を下りて
ティリアは聴覚の強化を止め、扉を開けた。視線を巡らせるが、人の姿はない。扉をそ
っと閉じ、足音を立てないようにして廊下を進む。薄暗い廊下だ。理由はすぐに分かった。
照明用マジックアイテムの半分が点灯していないのだ。どうして、こんなことをしている
のか理解に苦しむ。いや、今は目的を優先すべきだ。
ティリアの目的――それはクロノの情報を仕入れることだ。夜伽スケジュールを把握し
ていればぐっすり眠れるし、クロノの本性を知っていればいざという時に落ち着いて対応
できる。彼を知り己を知れば百戦危うからず――つまり、そういうことだ。ついでにいえ
ばあのケイロン伯爵の表情が気に入らなかった。
クロノの部屋が見えてきた。まだ起きているのだろう。光が廊下に漏れている。ティリ
アは手前の部屋に入る。この部屋が使われていないことは確認済みだ。足下に注意しなが
ら壁に歩み寄り、神威術で聴覚を強化する。
しばらくしてガチャという音が響いた。どうやら誰かが来たようだ。
『……女将、来てくれたんだ』
『そりゃ、約束しちまったからね』

部屋を訪れたのは女将のようだ。

『入って入って』

『そう急かすんじゃないよ』

クロノが嬉しそうに言い、女将はうんざりしたような口調で言った。ガタガタという音の後、ギィという音が響く。ベッドに座ったのだろうか。

『ちょっと離れすぎじゃない？』

『そんなこたないよ』

『まあ、距離を詰めるだけだけど……。もっと早く来て欲しかったな』

『何を言ってるんだい。昨夜はケイロン伯爵とお楽しみだっただろ』

クロノが拗ねたような口調で言い、女将がムッとしたように返す。そうだぞ、とティリアは頷いた。男と寝ていたくせに女将が悪いみたいな言い方はよくない。

『だって、女将が来てくれないから。どうして、来てくれなかったの？』

『そ、それは……。忙しかったんだよ』

『僕は女将のために頑張ったのにな～』

『あたしのためって、命令だったじゃないか』

『女将のためだよ。女将を守りたかったんだ』

『――ッ！』

女将は息を呑んだ。

『ところで、どうして侯爵邸でも長袖を着てるの？』

『さ、寒がりなんだよ』

『本当かな～。本当は僕に女として見られたくなかったんじゃないの？』

『そ、そんなこたないよ』

女将は否定したが、声は見事に上擦っていた。

『――ッ！』

『ああ、やっぱり女将のおっぱいは揉みごたえがあるな～』

女将が息を呑み、クロノがしみじみとした口調で言った。会話の流れから考えるにクロノが胸を揉み、それで女将が息を呑んだのだろう。

『お、おっぱいなんて言うんじゃないよ』

『じゃあ、何て言えばいいの？』

『うん……普通に胸でいいだろ、胸で』

女将は艶っぽく呻いた後で答えた。

『あのさ、女将にお願いがあるんだけど……』

『これ以上、何をお願いするってんだい』

『女将の胸で挟んで欲しいな』

「『胸で挟む？』」

ティリアと女将の声が重なる。胸で挟む？　とティリアは自分の胸を見た。左右から押し上げると、胸の谷間が深くなった。うん、これなら挟めそうだ。それにしても何を挟むのか。ふと去年の出来事が脳裏を過る。つまり、あれを挟むということか。

『胸で挟んで、どうするんだい？』

『そりゃ、擦って――』

『そ、そそ、そんなことができる訳ないだろ⁉』

女将が慌てふためいた様子で言った。クロノの声が途中で聞こえなくなったせいで肝心な所を聞けなかった。ともあれ、胸で挟めと言われると分かっただけでも収穫だ。

『え？　旦那さんにやってあげたことないの？　割と普通のことなんだけど……』

『だ、だだ、旦那にならやってやったよ』

真偽の程は不明だが、十中八九嘘だろう。女将の声は尻すぼみに小さくなっていったし、やったことがあるのならあんなに慌てるはずがない。

『じゃあ、いいよね？』

『わ、分かったよ。久しぶりだから上手くできないかも知れないけど……』

『構わないよ』

女将、とティリアは小さく呻いた。どうして、こんな所で嘘――いや、見栄を張ってしまうのか。これではクロノの思う壺だ。ガサゴソという音がする。

『……………ど、どうだい？』

『柔らかくて気持ちいいよ。動かしてくれないかな？』

『こ、こうかい？』

『うん、いいよ。最高だ』

『そ、そうかい』

女将は満更ではなさそうに言った。まんまとクロノの術中に嵌まっている。だが、本人が満足しているのならそれでいい気もする。それにしても音だけでは何をしているのか分からない。想像力で補うのも限度がある。しばらくして――。

『あ、女将、もういいよ』

『もういいのかい？』

『やっぱり、一回目はね』

再びギシッという音が響く。ティリアは太股を摺り合わせた。何かが込み上げてくる。

『……女将』
『な、なに、ニヤニヤ笑ってるんだい』
『お邪魔(じゃま)しまーす』
『うん、なんで、お邪魔しますなんだい？』
女将は艶っぽい声を上げながらクロノに問い掛ける。
『まだ旦那さんのことを愛してるんでしょ？』
『そ、そうだよ。ま、まだ旦那を愛してるんだよ』
『だから、お邪魔しますって』
あ、ああ、と女将は再び艶っぽい声を上げた。
それが喘(あえ)ぎ声に変わるまでそう時間は掛からなかった。

※

朝――ティリアは体を引き摺(ず)るようにして食堂に入った。目がしょぼしょぼする。さっさと終わらせてくれればいいのに延々と励(はげ)んでいるから完全に寝不足だ。ケイロン伯爵(はくしゃく)はティーカップを傾(かたむ)けている。よく眠れたのだろう。爽(さわ)やかな表情だ。

「……目が真っ赤だよ」

「なかなか眠れなかったんだ」

ティリアは深々と溜息を吐き、ケイロン伯爵から離れた席に座った。

「皇女殿下、どうぞ」

「ああ、ありがとう」

テーブルに料理を並べるアリッサに礼を言う。

「どうして、メイド長が料理を運んでいるのか知ってるかい？」

「知ってる。どうせ、クロノが原因だろう」

「よく分かったね」

ティリアがムッとして返すと、ケイロン伯爵は感心したと言うように目を見開いた。その表情を見て、少しだけ溜飲が下がる。

「今日は雨かな？」

「私が知る訳ないだろう」

ふん、とティリアは鼻を鳴らし、パンに手を伸ばした。

※

夜――。

「皇女殿下、お休みなさいませ」

「あ、うん、ご苦労だった。明日も頼む」

「あの、大丈夫ですか？」

恭しく一礼して扉を閉めるかと思いきや、アリッサはおずおずと声を掛けてきた。正直にいえば大丈夫ではない。二日分の寝不足を昼寝で解消しようとしたのだが、どうしても眠れなかったのだ。

「慣れない環境のせいか、寝不足でな」

「ああ、それは……。よろしければ医者を呼びますが？」

「いや、そこまでしてもらうほどのことじゃないんだ。うん、本当に」

「そう、ですか」

アリッサは困ったように眉根を寄せた。いや、心配してくれているのだろう。

「無理はなさらないで下さい。帝都で何があったか存じませんが、旦那様はきっと皇女殿下の味方になって下さると思いますので」

「うむ、分かった」

「それでは、お休みなさいませ」

　アリッサは深々と頭を下げ、扉を閉めた。ティリアは扉に耳を当て、神威術で聴覚を強化した。足音が遠ざかっていく。音質が変化する。階段を下りているのだ。聴覚の強化を止めて廊下に出る。あとは昨日と同じだ。足音を立てないようにして廊下を進み、クロノの隣の部屋に忍び込む。

「……今日は誰が来るんだ」

　壁に耳を当て、聴覚を強化する。クロノは仕事をしているらしく、カリカリと羽根ペンで文字を書く音が響く。しばらくしてガチャという音が響く。

『——枕を取りに来たわ』

『いらっしゃい、エレナ。仕事中だから座って待ってて』

『そうさせてもらうわ』

　エレナはムッとしたように言った。少し間を空け、ギシッという音が響く。エレナがベッドに座ったのだろう。その後もカリカリという音が響く。いつまで仕事を続けるつもりなのだろう。ティリアがうんざりしてきた頃——。

『ねぇ、いつまで仕事をしてるのよ?』

　エレナがしびれを切らしたように言った。羽根ペンの音がぴたりと止まる。

『そんなにしたいの？』

『違うわよ！』

『仕方がないな～』

エレナは声を荒らげたが、クロノは何処吹く風だ。気弱な印象があったのだが、領主として経験を積んで図太くなったようだ。

『じゃ、お尻を向けて』

『いきなりするの？』

『不満ならキスから始める？』

『キスは嫌！』

クロノが問い返すと、エレナは鋭く叫んだ。ふぅ、とクロノが溜息を吐く。

『舞踏会の時にしたんだから一回するのも、二回するのも一緒でしょ？』

『前にも言ったけど、奴隷としてキスしたり、純潔を奪われたりするのは嫌なの』

『ふ～ん、奴隷の自覚はあるんだ』

『そりゃ、まあ、一応……。あるわよ、奴隷の自覚』

エレナはごにょごにょと言った。

『じゃ、お尻を向けて』

『何でよ！』

『奴隷の自覚があるんでしょ？』

エレナが声を荒らげるが、クロノは平然と言い返した。

『まあ、奴隷の意見を尊重するご主人様ってのも何だかな～って気はするけど』

『ぐッ、分かったわよ。その代わり、駄目だからね』

『分かってるよ。いつも通りお尻を使わせてもらうね』

『使うって言わないで！』

エレナはムッとしたように言った。だが、逆らうつもりはないようだ。ベッドの軋む音が何度か響く。それにしても尻を使うとはどういう意味だ？　とティリアは内心首を傾げた。そのままの意味だとして入るものなのだろうか。

『じゃ、遠慮なく』

『ちょ、ちょっと、いきなり入れる気？』

『キスから始めるのは嫌なんでしょ？』

『そうだけど……』

『あ～、奴隷の意見を尊重するご主人様は面倒臭いな～』

『ぐッ、分かったわよ！　はい、使えば！』

『今度こそ、遠慮なく！』

『お――ッ！』

エレナが濁った声を上げる。多分、クロノは本当に遠慮をしなかったのだろう。

『キツいね。やっぱり、久しぶりだからかな～』

『ぐッ、アンタ、分かってて――おぅッ！』

『また解してあげるからね』

『ア、アンタ、マジで最悪ね！』

エレナは吐き捨てるように言った。しばらく濁った声が響いていたが、それは次第に艶やかなものに変わっていった。

※

朝――ティリアはふらふらしながら食堂に入った。昨夜は割と早く終わったのでさっさと自分の部屋に戻ったのだが、目が冴えて眠れなかったのだ。下腹部を押さえながら寝返りを打っている内に朝が来た。
ケイロン伯爵とサルドメリク子爵は席に着いて食事をしていた。

「大丈夫かい？」

「単なる寝不足だ」

心配そうに声を掛けてくるケイロン伯爵に短く返し、少し離れた席に着く。

「お前は私が嫌いだったんじゃないのか？」

「クロノに言い寄る女は嫌いだけど、クロノが悲しむのも嫌なのさ」

「……そうか」

ティリアは小さく呟いた。ぐったりとしていると、女将が目の前に料理を置いた。

寝不足のせいだろう。食欲が今一つだ。

「飯だ——って、体調が悪そうだね」

「心配するな。ただの寝不足だ」

「仕方がないねぇ。もうちょい軽めのものを作ってきてやるよ」

「頼む」

「こいつはエリルちゃんにやっちまうけど、いいね？」

「ああ、構わん」

女将が料理をサルドメリク子爵の前に置く。すると、彼女は顔を綻ばせた。

「……ありがとう。女将の料理は美味しい」

「はは、ありがとさん」

ティリアはぐったりしながら二人の様子を見つめた。

※

夜——。

「……皇女殿下」

アリッサは心配そうな顔でティリアを見つめた。おずおずと口を開く。

「皇女殿下、やはりお医者様に診(み)て頂いた方が……」

「いや、うん、もう二、三日してから考える」

「ですが——」

「すまないが、頼む」

「分かり、ました」

アリッサは声を絞(しぼ)り出(だ)すように言った。深々と頭を垂れて扉を閉める。ティリアは扉に耳を付け、聴覚を強化した。足音が遠ざかっていく。音質が変わり、ティリアは行動を開始した。廊下(ろうか)に出て、クロノの隣の部屋に忍び込む。しばらくして——。

『やっほー、クロノ様！』

扉がバンッと開き、陽気な声が響く。アリデッドとデネブの声だ。

『今日も二人なんだね』

『むふふ、そんなことを言って期待してるのバレバレだし』

『なんだか、ちょっと複雑な気分みたいな』

一人は乗り気だが、もう一人はあまり乗り気でなさそうだ。これからどうするつもりだろう。内心首を傾げつつ隣の部屋に意識を集中する。

『……まずは二人にご奉仕してもらおうかな』

『クロノ様も好きねみたいな』

『じゃ、ご奉仕しま――』

『ちょっと待ったみたいな』

『何か用みたいな？』

『先に足を踏み出したことに下剋上の意思を感じるみたいな』

『言いがかりだし』

『あたしは知っているみたいな。デネブが勉強を頑張っていたり、角度を付けながら鏡を見たり、ちょっとお高めの下着を買ったりしていることをみたいな』

『それがどうかしたのみたいな？』

うんうん、とティリアは頷(うなず)いた。それがどうしたとしか言いようがない。

一体、何を警戒(けいかい)しているのだろう。

『双子(ふたご)だけど、ちょっとできる、ちょっと可愛(かわい)い、ちょっとお洒落(しゃれ)……キャラ立てしようとする意思を、下剋上の意思をひしひしと感じるみたいな』

『被害妄想(ひがいもうそう)だし』

『きっと、角度を付けて鏡を見ながら、あたしはこっちの角度が可愛く見えるかもみたいなと考えてるに違いないし』

うッ、と呻き声が聞こえた。どうやら図星だったようだ。

だが、好きな人に自分を見て欲(ほ)しいという気持ちはよく分かる。

『や～、そんなことはないし』

『この期(ご)に及(およ)んで――』

『二人ともご奉仕を……』

『『は～いみたいな』』

クロノがうんざりしたように言うと、二人は喧嘩(けんか)を止めた。足音が響く。さてと、とティリアは背筋を伸(の)ばし、隣の部屋から聞こえる声と音に集中した。

※

朝――ティリアはふらふらしながら食堂に入った。ケイロン伯爵とサルドメリク子爵は席に着いて朝食を摂っている。ケイロン伯爵がパンを皿に置き、こちらを見る。

「昨日も眠れなかったのかい？」

「あ、うん、そうだな」

生返事を返すと、ケイロン伯爵は小さく溜息を吐いた。昨夜は長めだったし、ベッドに戻っても寝付けなかった。ケイロン伯爵から離れた席に座る。寝不足のせいだろう、座っているのに目眩がした。だが、その甲斐はあった。夜伽スケジュールを把握できたし、クロノが何をしてくるかも分かった。準備は整った。

くふふ、とティリアは笑う。何故か、ケイロン伯爵が憐れむような目でこちらを見ていたが――。

※

夜――アリッサが祈るように手を組み、ティリアを見つめていた。

「皇女殿下、どうかどうかお医者様に――」

「いや、大丈夫だ」

「いいえ、いいえ、今の皇女殿下は大丈夫ではありません。どうかお医者様に――」

「本当に大丈夫なんだ」

アリッサの言葉をティリアは遮った。本当にもう大丈夫なのだ。寝不足の日々は今日で終わる。クロノに皇女の威厳を見せつけて。アリッサは辛そうに唇を噛み締め、意を決したように口を開いた。

「もし、明日も寝不足のようなら旦那様に打ち明けます」

「構わないぞ」

「…………それでは失礼いたします」

アリッサは呻くように言って扉を閉めた。ティリアは多少の罪悪感を覚えながらベッドに潜り込んだ。ウキウキした気分でクロノを待つ。待つ、待つ、待ち続けるが――クロノはやって来ない。仕方がなく体を起こす。

「お、おかしいな。今日はクロノが来る日のはずじゃないか」

おかしいな、おかしいな、とティリアは頭を掻き毟り、ふと恐ろしい想像が脳裏を過った。まさかという思いはある。

「まさか、私に女としての魅力が……」

備わっていないのだろうかと言いかけて口を噤んだ。いや、そんなはずはない。クロノはティリアの胸をじっと見ていたではないか。このまま待つべきだろうか。いや、と頭を振る。待っていたせいでこの有様なのだ。

ああ、とティリアは思わず声を上げた。蒙が啓けた気分だった。そうだ。今まで待ちすぎだったのだ。いずれ自分は女帝になると信じ込んでそのための努力――人心掌握などを怠ってしまった。いけない。これでは同じ轍を踏むことになる。

ティリアはベッドから下り、部屋から出た。幸いというべきか、廊下には誰もいなかった。クロノの部屋に辿り着き、ドアノブに手を伸ばす。手が重なった。ぎょっとして顔を上げると――。

「……フェイ」

「皇女殿下、こんばんはであります。奇遇でありますね」

「奇遇？　そんな淫らな格好をして奇遇だと？」

「エレナ殿に見立ててもらった勝負ネグリジェであります」

ティリアが吐き捨てると、フェイはその場で一回転した。ネグリジェの裾がふわりと広がり、レースの下着が露わになる。

「皇女殿下は普通でありますね」

ぐッ、とティリアは自分を見下ろした。ティリアが着ているのはシンプルなネグリジェだ。生地は透けていないし、フリルも少ない。

「大事なのは中身だ」

「装いも大事でありますよ」

ぐッ、とティリアは再び呻いた。呻くしかない。フェイがドアノブに手を伸ばしたので、ティリアは彼女の手を掴んだ。

「何でありますか？」

「お前、何をするつもりだ？」

「夜伽に決まっているであります」

「ま、まだ、お前には早いんじゃないか？　もっと準備を整えて――」

「皇女殿下は甘いであります。準備はいくらしてもし足りないものなのであります」

「――ッ！」

ティリアは息を呑んだ。いや、衝撃を受けた。それと共にフェイの言葉を受け容れる。

確かに彼女の言う通りだ。準備はいくらしてもし足りない。だが――。

「だ、だが、それならお前も準備が足りてないいんじゃないか？」

「習うより慣れろであります」

「……習うより慣れろ」

鸚鵡(おうむ)返しに呟く。ストンと胸に落ちるものがあった。心構えにおいて負けているのではないかという気がしてくる。いや、戦う前から負けを認めてどうするのか。戦うのだ。プライドは戦って、勝ち取るものなのだ。

「……お前はクロノのことが好きでもなんでもないのだろ？　だったら私に——」

「私はクロノ様のことが好きでありますよ」

「あいつの何処(どこ)がいいんだ？」

「私を見てくれる所であります」

むふー、とフェイは鼻から息を吐いた。思わず目を見開く。家を再興させることしか頭にないと思っていたが、ちゃんと考えているようだ。

「皇女殿下はどうなのでありますか？」

「わ、私か？　ん、好きだぞ」

ティリアは顔を背(そむ)けながら答えた。頬(ほお)が熱い。恥(は)ずかしすぎる。だが、フェイの前でなければこんなことは言えなかっただろう。

「……今日は帰るであります」

「いいのか？」

「何となく皇女殿下に譲った方がいいような気がするであります。それでは」

フェイは敬礼するとその場を立ち去った。ティリアは呆然とフェイを見送り、小さく頭を振った。呆然としている場合ではない。折角、チャンスを譲ってくれたのだ。このチャンスを活かさずにどうするというのか。

ティリアは深呼吸を繰り返した。よし、と呟いてクロノの部屋に入る。すると——。

「あれ、ティリア？」

クロノは振り返り、間の抜けた声を漏らした。ティリアは無言でベッドに向かった。ベッドに腰を下ろし、クロノを見つめる。

「仕事か？」

「これでも、領主だからね」

クロノは再び机に向かい、羽根ペンを動かし始めた。カリカリという音が響く。気まずいし、態度が普段と変わらなくてムカムカする。

「そういえば……」

「な、何だ？」

クロノが手を休め、ティリアは上擦った声で問い返した。いよいよ淫獣の本性を剥き出しにするのかと居住まいを正すが──。

「体調が悪いって聞いたけど、大丈夫？」

「そのことなら心配いらん」

「一応、病院に行っておいた方がいいんじゃない？」

「いや、大丈夫だ。すぐに治る」

そう、とクロノは呟き、羽根ペンを動かし始めた。カリカリという音が響く。音が単調なせいだろうか。眠気が押し寄せてきた。堪えきれなくなってベッドに横たわる。ついうとうとしてしまう。不意に視界が翳り、目を開ける。すると、クロノがベッドの傍らに立ち、ティリアの顔を覗き込んでいた。いよいよか、いよいよだな、と身を固くする。

「……ティリア、眠いなら部屋に戻りなよ」

「別に眠くないぞ」

どうして、淫獣の本性を剥き出しにしないのだろうと訝しみながら答える。どうすればと考え、寝返りを打ってみる。ネグリジェの裾が捲れる。なかなか恥ずかしいがこれならば。クロノはティリアの脚を見つめ、手を伸ばした。

「はしたないよ」

そう言って、捲れたネグリジェを元に戻す。この程度では駄目なのか。仕方がない。ティリアはネグリジェの襟に指を引っ掛けた。

「あ〜、この部屋は暑いな」

「そう？」

「な、何でも、き、季節外れの蚊が出るそうじゃないか」

「へ〜、この時季にも蚊が出るんだ」

お前のことだぞ、と心の中で突っ込む。ふぁぁぁ、とクロノが欠伸をする。今度こそ、とティリアは少しだけ体を起こしたが——。

「ティリア、眠いからもう部屋に戻って」

クロノはそんなことを言った。流石にカチンときた。いや、女としてのプライドが傷付けられた。こんなにアプローチを仕掛けているのに何もしないとは——。

「ほら、早く」

「分かった」

ティリアはベッドから下り、口を開いた。

「……クロノ」

「な——ぎゃッ！」

　クロノは振り返り、短い悲鳴を上げた。ティリアは額を押さえた。キスするつもりで頭突きをしてしまったのだ。かなり痛い。クロノは顔を押さえて後退った。逃がさん、とティリアはクロノの腕を掴み、ベッドに投げ飛ばした。

「ぐはッ！」

　背中から叩き付けられたせいだろう。クロノが咳き込んだ。チャンスだ。ティリアはベッドに上がり、クロノを組み敷いた。

「私は……待ってた！」

「な、何を？」

「お前をだ！　ケイロン伯爵に夜伽をさせていた日からお前を待っていたんだッ！　それなのに、それなのにお前は部屋に戻れと言うのかッ！」

「そんなことを言われても……。あ、すみません。僕が悪かったです」

　クロノは言い訳がましく呟いたが、ティリアが睨み付けると自分の非を認めた。

「じゃあ、するぞ」

「何を？」

「お前が愛人達にしていたことをだ！」

　ティリアは叫び、クロノの上から退いた。ズボンに手を掛け——面倒臭くなってパンツごと引き摺り下ろす。ティリアは男性のものから顔を背けた。

何だかとても恥ずかしい。何故だろう。その時、ふとフェイのことを思い出した。なるほど、あの勝負ネグリジェはこのためだったのだ。つまり、普通のネグリジェを着ている事実が疚しさを感じさせているのだ。勝負は対等でなければならない。

「うぉぉぉぉッ！」

「ひぃッ！」

ティリアは雄叫びを上げ、ネグリジェを引き裂いた。クロノが小さく悲鳴を上げる。

「どうだ！　これでお前と対等だッ！」

「乱心！　皇女殿下、乱心でござるッ！」

「乱心などしていない！」

逃げ出そうとするクロノをティリアは再び組み敷いた。クロノの上に乗る。クロノがティリアに触れている。その事実と込み上げてきた感覚にぶるりと体を震わせる。体を前後に揺するとクロノが硬くなった。

「く、クロノ、す、するぞ」

「いいのかな～」

「いいんだ！」

ティリアは膝立ちになり、ショーツの紐を摘まんだ。そのまま動きを止める。何かを忘れているような気がする。いや、何か、こう、間違っているような気がした。寝不足のせいだろうか。考えが纏まらない。

「あの、ティリア？」

「何でもない！　さあ、やるぞッ！」

ティリアはショーツの紐を引っ張った。その時、鬨の声を聞いたような気がした。

※

帝国暦四三一年二月 中旬——ティリア軍とクロノ軍は雪原で対峙した。最初に攻撃を仕掛けたのはティリア軍だ。両軍が激突し、白い雪原が赤く染まった。そのまま蹂躙されるかのように見えたクロノ軍であったが、軍を率いるのは凡庸ながら経験豊富なクロノ将軍である。彼は軍を立て直し、逆襲に転じた。
これによって戦況はクロノ軍に傾いた。情報収集を行い、先制することで主導権を握ったとはいえ軍を率いるティリア将軍は初陣である。知恵も、経験も足りなかった。どちらも欠いているともなれば主導権を握り続けるのは難しい。

クロノ軍は勢いに乗ってティリア軍を激しく攻め立てた。ティリア軍は防戦一方になった。ぎりぎりの所で凌ぐ——そんな状況が続き、ティリア将軍はあることに気付いた。クロノ軍は攻め手に欠くと。

一方、ティリア軍には切り札があった。それは騎兵——騎乗突撃による打撃力だ。ティリア軍は猛然と反撃を開始した。ティリア軍の騎乗突撃によってクロノ軍は瞬く間に劣勢に追い込まれた。途中、ティリア軍が攻撃の手を緩めると、クロノ軍はこのチャンスを逃すまいと反撃に転じた。だが、力及ばず——クロノ軍はティリア軍の騎乗突撃に蹂躙され続けたのだった。

※

「どうした？　もうおしまいか？」

「すみません。もう勘弁して下さい」

ティリアが動きを止めて顔を覗き込むと、クロノは敗北を認めた。その事実にティリアは深い満足感を覚えた。何にせよ、勝つというのは気持ちがいい。

「私はもう少しいけるぞ？」

「僕(ぼく)は無理です」

「仕方のないヤツだな」

ティリアは動きを止め、クロノから下りた。音がして恥ずかしかったが、クロノは気付かなかったようだ。ベッドに横たわり、クロノに擦(す)り寄る。

「最高だったぞ。お前はどんな気分だ？」

「カンナ掛けされた気分です」

「カンナ？」

「材木の表面を削(けず)る大工道具」

「最悪だな、お前は！」

乙女(おとめ)の純潔を奪っておきながらカンナ掛けされた気分とはなんて男だ。クロノは溜息を吐いて背中を向けた。父さん、父さんの言う通りだったよ。僕の手に余ったよ、などとぶつぶつ呟いている。ティリアはクロノを背後から抱(だ)き締めた。

「クロノ、もう一度しないか？」

「……もう朝だよ」

ティリアは窓を見た。カーテンの隙間(すきま)から光が差し込んでいる。クロノの言う通り、朝のようだ。時間が経(た)つのは早いものなのだなと思う。

「仕方がない寝(ね)るか」

ティリアはクロノを抱き締めたまま目を閉じた。

※

翌日——ティリアは侯爵邸(こうしゃくてい)の庭園に立っていた。ケイロン伯爵を見送るためだ。本当は見送りたくなかったが、クロノが見送ると言ったので仕方がなく付き合っているのだ。クロノとケイロン伯爵はいちゃいちゃしている。

「おい、そろそろ帰ったらどうだ」

「クロノ、皇女殿下がボクを苛(いじ)めるんだ。ひどいと思わないかい？」

「もう少し仲よくして欲しいな～」

クロノは小さく息を吐き、空を見上げた。空には雲一つない。

「名残惜(なごりお)しいけど、ボクは帝都に戻るよ」

「気を付けてね」

「……さっさと帰れ」

ケイロン伯爵はティリアに見せつけるようにクロノと長い抱擁(ほうよう)を交(か)わした。箱馬車に乗り、窓を開けてこちらを見る。

「クロノに捨てられないように精々、気を付けるんだよ」

「それはこっちの台詞だ」

「そうかい？　どんな上等な料理だって普段から食べていれば食べ飽きると思うけどね」

「もう帰れ！」

「はははッ！　短い春を謳歌するがいいさッ！」

ケイロン伯爵の笑い声が響き、箱馬車がゆっくりと動き始めた。石はないか、石は、とティリアは地面を見たが、手頃な大きさの石は落ちていなかった。

ケイロン伯爵を乗せた箱馬車が侯爵邸の門を通り、ティリアは地団駄を踏んだ。そこでサルドメリク子爵が立っていることに気付いた。

「どうして、お前がここにいるんだ？」

「私はリオ・ケイロン伯爵のお目付役であると同時に皇女殿下の監視役でもある」

サルドメリク子爵はぼそぼそと呟いた。監視役が素性を明かしていいのだろうか？　とティリアは首を傾げたが、答えてくれる人はいなかった。

終章『願い』

ファーナが執務室に入ると、アルコル宰相は仕事をしていた。書類に目を通し、署名をして振り分ける。よほど集中しているのかこちらを見ようともしない。

「……よかったのかしら？」

「何がだ？」

ファーナが呟くと、アルコル宰相は手を止め、問い掛けてきた。

「ティリア皇女の件よ。エラキス侯爵に任せて本当によかったのかしら？」

「監視を付けて帝都から放逐すれば大丈夫と言ったのはお主だろうに」

「それは、そうだけど……」

ファーナは口籠もった。謁見の間での出来事を思い出して身震いする。悪いのは自分の息子だ。それは分かっている。だが、恐怖や不安は理屈ではない。今更ながらアルコル宰相がティリア皇女を陥れずにはいられなかった理由を理解できたような気がした。もっとも、ファーナはエラキス侯爵を陥れるつもりはないが――。

コツコツという音が響く。アルコル宰相が指先で机を叩いているのだ。指の先には羊皮紙と紙の束が置いてあった。エラキス侯爵に関する資料に違いない。安心させたいのなら一言あって然るべきだが、仕方がない。こういう男なのだ。

「手回しがいいのね」

「そうでなければ宰相など務まらんよ」

皮肉と分かっているはずだが、アルコル宰相はニヤリと笑った。

「総合的に考えた結果、儂はティリア皇女を預けても問題ないと判断した」

「随分と信用しているのね」

「知り合いの息子なのでな」

アルコル宰相は目を細めた。まるで昔を懐かしんでいるかのように。

「神聖アルゴ王国とは講和条約を結べた。しばらくは問題なかろう」

そんなに上手くいくかしら？　とファーナは内心首を傾げた。ともあれ、ティリア皇女が惚れた男と添い遂げられる可能性が出てきたのは喜ばしいことだ。エラキス侯爵領で第二の――できれば穏やかな――人生を歩んで欲しい。

あとがき

このたびは「クロの戦記5　異世界転移した僕が最強なのはベッドの上だけのようです」をご購入頂き、ありがとうございます。今まさに書店で本をご覧になっている方はそっと本を閉じ、レジにお持ち頂ければばと思います。

さて、本シリーズも遂に5巻です。5巻、いい響きですね。大人気や爆売れと同じく思わずニヤニヤしてしまいます。それはさておき、今回は前回の続き——撤退戦からティリアが勇壮な騎乗突撃を敢行するまでのお話となっております。

第3巻でクロードが警告してくれていたのですが、クロノは無残に蹂躙されることとなりました。弱肉強食の世界においては捕食者に見つからないように隠れたり、自分に有利な距離を保ったりすることもまた戦いなのです。残念ながらクロノには被捕食者としての自覚が足りませんでした。

では、ここからは謝辞を。本作を応援して下さる皆様、ありがとうございます。5巻をお届けできたことはもちろん、タペストリーを作って頂いたり、特典SSを書かせて頂いたり、企画のオファーを頂いたり、全て皆様の応援があればこそです。これからも皆様の期待に応えられるように頑張っていきたいと思います。

　担当S様、いつもお力添え、ありがとうございます。今回は実際に書いてから本当にこれでいいのかと悩む場面が多々あったので相談に乗って頂けて大変心強かったです。ライブ感で書いた「まず、パンツを見せて下さい」のシーンは「これでいいのだ」と思えたのですが、第四章は全体的にインパクトが強く——。

　むつみまさと先生、今回も素敵なイラストをありがとうございます。キャラデザ、カラー、モノクロ、タペストリーといつも届くのを楽しみにしています。エロ可愛いイラストを描いて頂くためにも頑張ります。

　最後に宣伝になります。少年エースｐｌｕｓ様で連載中の漫画版「クロの戦記　異世界転移した僕が最強なのはベッドの上だけのようです」の第1巻が12月4日に発売されます。白瀬先生の描く可愛いレイラさんとクロノのラブがご覧になれますぞ。

　ＨＪノベルス様より「アラフォーおっさんはスローライフの夢を見るか？　1～3」好評発売中です。最新3巻では宿の女主人シェリーとの仲が大躍進です!!

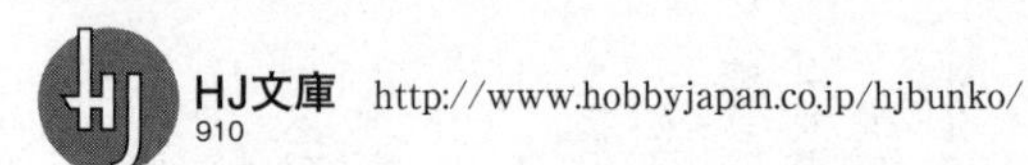

クロの戦記5

異世界転移した僕が最強なのはベッドの上だけのようです

2020年12月1日　初版発行

著者——サイトウアユム

発行者—松下大介
発行所—株式会社ホビージャパン

〒151-0053
東京都渋谷区代々木2-15-8
電話　03(5304)7604（編集）
03(5304)9112（営業）

印刷所——大日本印刷株式会社

装丁——木村デザイン・ラボ／株式会社エストール

Printed in Japan

ISBN978-4-7986-2370-2　C0193